晴れた朝も、嵐の夜も。

可《か》南《なん》さらさ

illustration／蓮《はす》見《み》桃《とう》衣《い》

ECLIPSE ROMANCE

晴れた朝も、
嵐の夜も。
hareta asamo
arashino yorumo

晴れた朝も、嵐の夜も。

可南《かなん》さらさ

illustration／蓮見桃衣《はすみとうい》

ECLIPSE ROMANCE

CONTENTS

初出一覧
『晴れた朝も、嵐の夜も。』act.1――小説エクリプス'00年6月号
『晴れた朝も、嵐の夜も。』act.2――書き下ろし

晴れた朝も、嵐の夜も。

act.1

「離せよっ。人をペット扱いすんなって、いつも言ってんだろ！」

掴《つか》まえられた腕を外そうともがいたが、その男は千央《ちひろ》の反撃をこともなげにひょいとかわすと、荷物のようにドサリとベッドの上へ放り投げた。

ベッドの脇《わき》で丸まっていた毛並みのいい茶トラの猫が、その衝撃を受けて迷惑そうにうっすらと目を開ける。

毎朝繰り返される喧騒《けんそう》に、いい加減、猫の方も慣れてきているらしい。

「そう思うなら、毎朝手をやかせるんじゃない」

この部屋の主である男は、冷めた視線のまま投げ出された身体《からだ》を一瞥《いちべつ》すると、呆《あき》れたように溜《た》め息《いき》を漏《も》らした。それがかえってバカにされたように思えて、千央はギリリと歯軋《はぎし》りをする。

「ぜってー、逃げ出してやるからなっ！　この暴君ジジイっ」

二十五の男を捕まえて、『ジジイ』とは少々言いすぎかもしれないが、全《すべ》てにおいてかなわない千央に残された唯一の抵抗は、それくらいしかないのだ。

「そうか」

けれども憎まれ口すらあっさりと受け流されて、いっそう腹立たしさが増した。

玄関先にはいつも通り迎えにきていた彼の部下が、恒例となった朝の大騒ぎに苦笑しながら立っている。その脇を走って逃げる気も失《う》せて、千央はベッドの上であぐらをかいた。

男は大人しくなった千央から視線を外すと、部下と連れ立ってマンションを後にする。出ていく際に外から鍵《かぎ》がかけられる音を聞いて、千央は大きく溜め息を吐《つ》いた。

クッソー。あと一歩のところだったのに。

今日も結局、掴まってしまった。これで何回目の逃亡計画が失敗に終わったのか、考えるのもアホらしくなってくる。

「あの鉄面皮《てつめんぴ》野郎。身体がちょっとデカイからって、大きな顔しててんじゃねーよ」

千央の呟《つぶや》きを聞いていたとしたら、『別にそんなことくらいで大きな顔をする必要はない』と、あの妙に冷めた顔で返されるのがオチだろう。

それが尚更ムカツク。

こっちが真剣に怒鳴っていても、相手がそれにのってこないことほど虚《むな》しいものはない。そういうことまで分かっていてやっているかどうかは知らないが、なんにせよ、あの男の一挙一動が、千央の神経を逆撫《さかな》でするのは確かな事実だ。

千央の精一杯の抵抗さえ蝿《はえ》がとまったくらいにしか感じていないだろう、完成された大きな身体つきを思い出すだけで悔しくなる。

自分だってあと五年もすれば…という淡い期待がないわけではないが、あの男が今の自分と同じ十六歳だった時でも、貧弱な体型をしていたとはとても思えない。

千央はもともと骨の造りが細いのだ。筋肉は鍛え上げればなんとかなるとしても、もとの素材が違うのだから、それにも限界はある。

こんなところは、別に似てなくてもいいのに。

細い指先を目の前で広げて、千央は大きな溜め息を吐いた。

自分は男でありながら、早くして亡くなった母に似ているとよく言われていた。手入れなどしなくても綺麗《きれい》なカーブを描いている細い眉《まゆ》や、赤く艶《つや》めいた唇が小さな顔にバランスよく配置されており、どこか少女めいた雰囲気を思わせる。可憐《かれん》さを感じさせるその造りの中では、猫のようにつり上がった大きな瞳《ひとみ》だけが唯一、負けず嫌いな気の強さを表していた。

母に似ていることが嫌なわけではないのだが、先ほどのように歴然とした力の違いを見せつけられると悔しさは拭《ぬぐ》いきれない。

まるで猫かなにかのように、ひょいと首根っこを掴まえられて投げ出された。

あの男はいつもそうだ。千央が必死になって噛《か》みついたところで、子猫がじゃれているぐらいにしか感じていないのだろう。

「どうせ俺《おれ》なんて、お前と一緒だよ」

ふてくされながら、ベッドの端で再び目を閉じていた猫を抱き寄せると、猫は千央の腕の中で迷惑そうに小さく鳴いた。

まともに相手にされないから暴れるなんて、我ながら子供っぽい態度をとっているのは分かっている。自覚があるから尚更、そのイラつきは増すのだ。

振り返りもせずに出ていった横顔を思い返しながら、千央は親指の爪《つめ》を強く噛《か》んだ。

完全に負けていると思う。それが妙に悔しい。

男としても、一人の人間としても。

けれども、ここで素直に負けを認めてしまうわけにはいかないのだ。

あの男、海東啓吾《かいとうけいご》に。

それが目下のところ千央の前に立ちはだかる、大きな壁なのである。


「ん、こっちは平気。姉ちゃんこそうまくやってんの？　省吾《しょうご》さんに愛想つかされたりしてない？」

このマンションに千央が連れてこられてから、すでに一週間が過ぎようとしている。部屋の入り口は外からロックされていて外出することもままならないし、テレビも見飽きてしまった。昼寝の他にすることもないので、真っ昼間から姉に電話をかけていた千央がからかいをこめて尋ねると、姉は受話器の向こうで『嫌ね。そんなことないわよ』と楽しげに笑った。それだけで、ひどくホッとする。

「まだ、新婚さんだもんな。聞くだけ野暮《やぼ》か」

事故で早くに亡くなった両親の代わりに、自分を育ててくれたのは姉の響子《きょうこ》だ。十歳年上の姉は、千央と同じ歳の時にはすでに、一家の主として自立しなければならなくなった。

ほんの少しの保険金をもとに、当時高校生だった姉が小学生の弟を抱えてよく頑張ってきたと思う。

もしそれが自分だったらと思うと、とてもではないがやっていける自信はない。

姉は高校を卒業したあと、まだ幼かった千央の世話をしながら働いた。その会社で知り合ったのが、夫となった省吾である。

千央を残して結婚することを最後まで渋っていた響子に、幸せになって欲しいからと進んで説得したのは、他ならぬ千央自身だ。

相手が再婚ということもあって式は身内だけで軽く済ませたが、夫の隣で静かに笑う姉はこれまで一緒に生きてきた中で一番美しく輝いていた。

省吾は社会的な地位も財産もある、立派な男だ。またそれに見合うだけの包容力と優しさも持っている。姉がそうした部分に強く惹《ひ》かれたのが理解できたからこそ、年齢がひとまわり以上離れていることや、再婚のコブつきであったとしても千央は目を瞑《つむ》ることにしたのだ。

なにより姉が、彼を愛しているとよく分かったから。

今まで苦労してきた分、姉には誰《だれ》よりも幸せになってもらいたいと思っている。その気持ちに嘘《うそ》はない。

ただこの結婚には、ひとつだけ大きな問題があったのだ。

『そういうちーちゃんこそ、啓吾さんとは仲良くやってるの？』

問題の男の名を出されて、千央はピシリと固まった。

……もしも仲良くやっていたのなら、真っ昼間から電話で憂《う》さ晴《ば》らしなんかしてねーんだけど。

けれども、幸せの絶頂にいるであろう姉を心配させるようなことを言えるはずもなくて、千央は『まぁまぁかな』と答えつつ、心の声を飲み込んだ。

本当のことを言えば、まぁまぁどころではない。人の意思を無視して、勝手にこんなところへ閉じ込めたあの涼しげな顔を思い出すたび、横っ面《つら》を張り倒してやりたい衝動にかられるくらいだ。

『よかった。やっぱり一人暮らしより、誰かがいてくれた方が寂しくないでしょ。啓吾さんがいてくれるなら、安心だし』

穏やかに笑う響子には大変申し訳ないのだが、千央は『アレと暮らすくらいなら、一人の方がなんぼかマシだ』と思っている。だから今朝のように、機会を見つけて逃げ出そうとしては、そのたび掴まえられるという攻防戦を繰り返しているのだ。

一人でだって生きていける。姉だって、自分を抱えながらずっとそうしてきた。

なのに、それをあの男は許さない。

『本当は、ちーちゃんも私達と一緒に住めば一番いいんだけど…』

「その話は、もう何度もしただろ?」

姉夫婦は結婚したら、千央も一緒に住むようにすすめてくれていた。その申し出は大変ありがたかったが、新婚家庭に大きなコブがのこのこと入り込むほど野暮ではない。

そうじゃなくとも、いつかは一人で立つ身だ。実際、姉が自分と同じ歳には自立を余儀なくされたことを思えば、自分で選ぶことのできる千央は恵まれているくらいだ。

だからこそ一人で暮らすことを選び、姉も省吾も説きふせてなんとか承知してくれたというのに、ただ一人、啓吾だけは頭ごなしに反対しているのだ。

千央がまだ未成年だからという、それだけの理由で。

『なんとかうまくやってるみたいで安心したわ。啓吾さんにも迷惑かけてるんだから、ちゃんとお礼を言っとくのよ』

「はは…」

アイツに一体、どんなお礼を言えと？　『閉じ込めてくれて、どうもありがとう』とでも言えばいいのだろうか？

響子の言葉を笑って聞き流しながら、千央はピクピクと強張《こわば》る頬《ほほ》を撫《な》でた。

『仲良くやってね。啓吾さんはあなたの甥《おい》になるんだし』

「姉ちゃん……」

響子の明るい言葉に、千央はゲンナリと眉をひそめた。

できれば、それ、思い出させないで欲しいのに。

あのデカイ男が自分の甥だなんて冗談《じょうだん》でも笑えないが、事実、戸籍上ではそうなっている。姉の夫となった省吾と、離婚した先妻との間にできた子供が、啓吾なのである。省吾と結婚したことで、響子は啓吾の義理の母となり、千央は義理の叔父《おじ》となったのだ。

あのうすらデカイ男が、甥っ子…。せめてその反対なら、まだ救いがありそうなものを。

千央にしてみれば、冗談でも九歳も年上の甥なんか欲しくなかったというのが本音のところだ。しかもそれが傲岸不遜《ごうがんふそん》で、いけすかない暴君だとしたら尚更だ。

姉だってこの若さで、ひとつ年下の息子など欲しくなかっただろうに。少し抜けているところのある姉は、きっと千央ほど気にはしていないのだろうが。

しっかし、本当に似てない親子だよな。

義兄の省吾は大きな会社の重役には見えないくらい、穏やかでおっとりとした人なのに、その息子の啓吾は正反対の存在である。

スーツが映える引き締まった身体も、いつも眉間《みけん》に皺《しわ》を寄せているような難しい表情も、長い足で颯爽《さっそう》と歩く姿も、なにもかもが違っている。

二人とも嫌味なほど顔立ちが整っているという点ではさすが親子なのだろうが、省吾がいつも穏やかな雰囲気を持っているのに対し、啓吾のそれはあまりに厳しい。

またそれぐらいでないと、天下の海東グループを担ってはいけないのだろう。

海東家は昔から商社の中でもトップの存在で、その経営は、輸入だけでなくソフト器機の開発に至るまで実に様々な分野にわたっている。親族が経営する直営会社から数多くの傘下までも含めれば、間違いなく日本でも有数の企業グループにあげられるだろう。

その中でも現会長の孫である啓吾は、すでに重要なポストに位置しており、どうやら父の省吾を差し置いて、祖父のあとを継ぐのではないかともっぱらの噂《うわさ》である。省吾は優しすぎて会社を引っ張っていける器ではないと、会長自らが公言しており、またそれを省吾自身も認めているらしい。

そうした過酷な環境の中で育った啓吾が、必要以上に自分や周囲に厳しさを求めるのも分かる気がするが、アレは元来の気質もあるのだろうと千央は思っている。

そうじゃなきゃ、あんなに厳しい瞳はできないはずだ。物事を見据えるような、きつい眼差《まなざ》し。たとえるなら、肉食獣のそれに近い。

何を考えているのかよく分からないポーカーフェイスのくせに、その目だけが人を威圧するほどの輝きを持っている。生まれながらにして人の上に立つことを当然とするような存在感も、千央が啓吾を苦手とする所以《ゆえん》だ。

啓吾の前に出ると、千央はいつも追い詰められた小動物のような気分にさせられる。そのせいで、いらぬ虚勢を張ってしまうくらいだ。

確かに人一人思うように動かすくらい、わけないのだろう。あの男なら。

分かっていても、その思惑通りに動いてやるのは癪《しゃく》だった。

「だいたい海東家ったって、俺には関係ねーのに」

姉が海東家に嫁入りしたことで確かに繋《つな》がりはできたものの、自分は志水《しみず》千央のままなのだし、特別深い関係があるわけでもない。未成年とはいえ、これまでもなんとか暮らしてきたわけだし、贅沢《ぜいたく》さえしなければバイトしながら大学にも行けるのだ。

なのに高校が夏休みに入った朝、突然訪ねてきた啓吾によって強引に荷物をまとめられ、ボロアパートからこのマンションへと連れてこられた。はじめは戸惑っていた千央も、姉がそれを許可したと知って、しぶしぶ受け入れたのだが、それからがまずかった。

夏休みこそバイトをびっちり入れるようシフトを組んでいたのに、『高校生がバイトなどする必要はない』という啓吾の持論により、千央が勤めていた写真屋は勝手に辞めさせられてしまったのだ。

その後、啓吾の目を盗んでこっそりと見つけてきたバイトも、2~3日でクビを言い渡された。裏で啓吾が噛んでいることは、疑う余地もない。

さすがに怒った千央が『どういうつもりだ』と詰め寄った時も、当の啓吾は冷めた顔のままで、しれっとしていた。

「海東の人間がバイトなどするな」

高慢としかとれないその言葉を聞いた時、千央の中で堪っていた鬱憤《うっぷん》が溢《あふ》れ出した。

「その勝手な言いぐさはなんだよっ。だいたい、俺は海東なんかじゃないんだからな。お高くとまってなんかいられるかっ」

「お前自身がそう思っていても、周囲が認めはしないだろう。義理の弟を未成年のうちから働かせていると知れたら、不肖《ふしょう》の父とはいえ、私でも庇《かば》いきれないからな」

それまでは一応、身内となったことを考えて譲っていた千央も、これにはさすがに堪忍袋の緒が切れた。

「この偏屈《へんくつ》ジジイ！　体面《たいめん》ばっか取《と》り繕《つくろ》って、頭ン中、カビでも生えてんじゃねーのっ？」

気付けば、捨て台詞《ぜりふ》を投げつけてそのままマンションを飛び出していた。

しばらくは友人の家に居座って、ほとぼりが冷めた頃《ころ》、あの六畳一間の安アパートに戻るつもりでいた。しかしそんな目論見《もくろみ》は、どうやってかすぐに千央の居場所を探り出した啓吾によって無残にも打ち砕かれたのだ。

確かに捨て台詞だけを残して飛び出した自分もいきすぎだったとは思うが、転がり込んだ友人宅にまで押しかけてきて、人を担ぎ上げて連れ帰った啓吾もどうかと思う。

その上、あの男は見つけ出した千央を肩に抱き上げながら、『帰り道も思い出せないようなら、迷子札でもつけないといけないな』と溜め息すら漏らしたのである。

クソーっ。人を犬猫扱いしやがって。

はじめっからそうだ。啓吾は千央の言い分など聞きもせずに、自分の思い通りにことを運ぼうとしている。千央が何を言っても、ただ『そうか』と聞き流すだけで、真剣に取り合ってくれようとはしない。

そうして、飼っているペットの面倒をみるのは飼い主の義務だというように、未成年というだけで、千央の責任を取ろうとしているのだ。

他人に世話してもらうほど、落ちぶれてないっつーの。

どうせ千央がこうして、養ってもらっている自分の立場を気にしているほどには、あの男は負担だとすら感じていないのだろう。啓吾にしてみれば、部屋で飼うペットが一匹増えたぐらいのことなの

だ。きっと。

それくらい千央にだって分かる。分かっているからこそ、なおさら啓吾の庇護《ひご》を受け入れてしまうのは悔しかった。

いっそ素直に好意だと思って、甘えてしまえば楽になれるだろう。けれどもこれまで誰にも頼らずに姉と二人だけで生きてきた千央には、そんなこと到底できそうにない。

啓吾にしてみても、親切心で面倒をみてやっているというのに、懐《なつ》きもせずに反発ばかりしているガキの面倒をみるのは、いい加減嫌気がさしている頃だろう。

分かっていても、千央は自分が素直に甘えられるような性格ではないことも知っていた。

どうせ俺はマル以下だよ。

マンションの先住者である猫のマルは、綺麗な毛並みはしているものの、全体的にポテッと太っている。どう見てもどこかで拾われてきたとしか思えないような茶トラの雑種で、高級家具で統一されたこのシックな部屋にはミスマッチな存在なのだが、ベッドで大きく寝そべっている姿は、新参者の千央よりもよほど貫禄《かんろく》がある。

啓吾がこの雑種の猫を可愛《かわい》がっているのは、見ているだけでもなんとなく分かる。新聞を読む時など、膝《ひざ》の上で眠るマルをよく撫でているし、なによりもマルを見る時はひどく優しい目つきをしているのだ。

人の前では、いっつも顰《しか》めっ面しかできないくせに。

別に彼の飼い猫と争いたいわけではないのだが、千央に対するそっけない態度と比べてしまうと、『義務だから仕方ない』と言われているようでやりきれなくなるのだ。

意地になった千央はそれからも、何度か啓吾の隙《すき》を見つけては逃げ出し、見つかっては連れ戻されるという行為を繰り返した。

啓吾が仕事で忙しいのは分かっていたし、そのうちにガキの相手をするのも疲れて諦《あきら》めるだろうと踏んでいたのだが、その考えは甘かった。あの傲岸不遜な男は、千央が大人しくしていないと分かると、連れ戻された千央がふて寝を決め込んでいる間に、業者を呼んでマンションの外から鍵をかけるという暴挙に出たのだ。

あまりのことに呆気《あっけ》に取られる千央の前で、啓吾はいつも通り涼しい顔をしていたが、これのどこがペット扱いじゃないというんだ？

攻防の末に、エスカレートしていった結果だというのは分かっている。分かっていても、こんな扱いには納得がいかなかった。

お蔭《かげ》で今は啓吾の許しがない限り、このマンションから出してももらえない。やっと見つけたウェイターのバイトも、これだけ欠勤が続けばもうクビになっている頃だろう。

千央は姉との電話を切ったあと、すでに何度目になるか分からない溜め息を吐いた。

「無理して責任なんか、とらなくたっていーのに…」

別に軟禁されている状態さえ除けば、扱いはそう悪くない。

千央がそれまで暮らしていたアパートは、六畳一間に小さなキッチンがついているだけの安普請《やすぶしん》で、隣のテレビの音が漏れ聞こえてくるようなボロアパートだった。それに比べれば都内という立地条件にもかかわらず、ベランダにはプライベートガーデンまで設置されているこのマンションは、とんでもなく贅沢な空間を兼ね備えている。

もともとは啓吾が仕事用に使っていたという八畳の部屋をまるまる明け渡してもらっているし、備えつけられた家具もシックな感じに整えられ、千央の服から靴に至るまで、必要なものは全てクローゼットの中に用意されていた。

なにも言わずともこんなに豪華な生活が用意されているのだから、待遇はかなりいいといえるが、その出資者が啓吾だと思うだけでむかっ腹が立つ。

それに千央はどうも、雨戸がないマンションというものが苦手なのだ。この部屋が見晴らしの良い最上階に位置しているというのもいただけない。

高所恐怖症というわけではないが、この夏の時期、決まってやってくるであろうアレを思うと千央の気分をブルーにさせていた。

わざわざ苦手なものに、自ら近づきたくなんかない。

なんで二十三階なんかに住んでんだよ…。

千央は嫌味なほど整った男の顔を思い出しながら、いまいましげに窓の外を睨《にら》みつけた。

……その挑発のせいかどうかは知らないが。

夕方が近づくにつれ、昼間あれほど晴れ渡っていた空が嘘のように淀《よど》んでくるのを見つけた千央は、背中に冷たいものを感じていた。

――――オイオイ、やめてくれよな？

嫌なことに関する嗅覚《きゅうかく》ほど、敏感になる本能が恨《うら》めしい。

この様子だと、間もなくしてアレがやってくるのは多分間違いないだろう。恐る恐るテレビをつけると、天気予報を知らせる画面がそれを裏づけるような警報を出している。

だいたいこの季節が、一番いけない。

日中、照り返すほどの日差しが一気に気温を上げるから、空中で発生した積乱雲が殴りつけるほどの雨を連れてやってくるのだ。

「冗談じゃねーぞ…」

そんな千央の呟きをあざ笑うかのように、だんだんと厚く垂れ込め始めた雲は、容赦なくこちらへ近づいてくるようだった。

「なにを睨んでるんだ？」

戦々恐々としながら窓に張りついていた千央は、背後から声をかけられてギクリと身体を強張らせる。振り返ると、珍しく定刻よりも早く帰ってきたらしい啓吾の姿を見つけて、ほっと息を吐いた。うすらデカイだけの鉄面皮男の存在を、これほどありがたいと感じたことはない。

「……別に。それ夕《ゆう》メシだろ。温めるから貸して」

啓吾が右手に提げている白い紙袋は、千央がここに軟禁されてからよく差し入れられているもので、家庭料理にしては味の良い本格的な料理がひとつひとつパック詰めにされている。多分ハウスキーパーの人が、啓吾がいる会社の方へと届けてくれているのだろう。

千央はいくつかにまとめられた包みを皿へと移すと、それらを温め始めた。

その後はなるべく窓の外を見ないようにしてそそくさと夕食をすませたが、色取りまで美しく揃《そろ》えられた夕食を、味わって食べられるほどの余裕が今の千央にはない。

いつもより無口な千央に気付いた啓吾が『体調でも悪いのか？』と声をかけてきたが、それには首を振るだけにとどめて、早々に部屋へと引きこもった。

あとはもう、アレが来る前に眠ってしまうに限る。

そう覚悟を決めて、だんだんと近づいてくる轟《とどろ》きと閃光《せんこう》を無視し、千央は頭からシーツを被《かぶ》った。しかし雨戸がない部屋の構造上、どんなに見ないフリをしてもカーテンごしに入り込む光と音は、容赦なく千央の恐怖心を煽《あお》っていく。

これだからマンションなんて、大っ嫌いなんだよ。

壁一枚隔てた隣の寝室では、いつも通り啓吾が持ち帰ってきた仕事をこなしているはずだ。分かっていても、なかなかその部屋を訪ねていく決心はつかなかった。

どうせ鼻先で笑われるのは目に見えているし、この歳になって雷が怖いだなんて、死んでも言いたくない。

言いたくないが、これほど明るく雷光が差し込む部屋で、一人眠るのも拷問だった。

さらにここは最上階だ。まさに狙ってくれといわんばかりの環境である。

万が一雷が落ちたとしても、避雷針《ひらいしん》が設置されているだろうとか、高級マンションなのだし安全性は確実だろうと頭では分かっていても、理屈抜きで怖かった。これればかりはどうしようもない。

昔、千央が一人で留守番をしていた時に、家の近くの電信柱に雷が落ちたことがある。まだ幼かった千央の心には、その時の音や閃光の凄《すさ》まじさ、停電になって真っ暗な部屋に取り残された時の恐怖が、鮮明に焼きついているのだ。

またそれ以外でも、雷に関する思い出は嫌なことばかりだった。

嫌な記憶を思い出しかけて、思わず顔を顰めた瞬間、いっそう激しい閃光が部屋の中を満たした。

「うぎゃーっ」

僅《わず》かに遅れて、轟く轟音《ごうおん》。

た、確か…光ってから音が響くまでの秒数で、その近さを計ることができるんじゃなかったっけ？

さっきよりも数秒その間合いが短くなった気がするのは、こちらへ近づいてきている証拠なのではないだろうかっ？

考えたくもないのに、変な予測ばかりが頭の中を占めていく。

そうして再び部屋の中が、強い光と大きな轟音に包まれた時、頭で考えるよりも先に、千央はドアに向かって駆け出していた。

もうこれは見栄とか、体裁を取り繕っている場合ではない。

慌ただしいノックのあと、返事も待たずに隣の部屋へと飛び込むと、啓吾は僅かに眉根を寄せてデスクから顔を上げた。

「……どうした？」

千央のために書斎を明け渡した啓吾は、寝室にデスクやパソコンといった仕事道具を全て運び入れている。その私室に、これまで千央が足を踏み入れることなどなかったのだから、突然の来訪にいぶかしむのも無理はない。

しかしその理由が言えるはずのない千央は、主人のベッドで眠っている塊《かたまり》を目ざとく見つけると、素早く歩み寄った。

「マ…マル、貸して？」

冷や汗を垂らしつつ、丸まって眠る猫を抱き上げると少しだけホッとする。たとえ猫一匹でも、自分以外のぬくもりに触れていれば多少は心強いだろう。

しかしその尋常ではない様子を察した啓吾は、無表情のまま千央を見つめた。

「なにがあったんだ？」

「別に…」

マルを抱いて部屋を出ていこうとすると、その肩を啓吾の腕が掴んで留《とど》まらせる。力の籠《こも》った腕から逃れることもできずに、千央は頬をひきつらせた。

どうでもいいから、アレが次に鳴るまでに早く放せってんだ。

「たまにはマルと一緒に寝ようと思っただけだってばっ。いいから、もう放せって…」

言い終わらぬうちに、カッと激しい稲光が部屋の中へと差し込み、バリバリと切り裂くような轟音が響き渡る。

どこか近くに落ちたのだろう。その轟きは、空気の振動すら感じさせた。雨音は、ますます激しさを増して風と共に窓を打ちつけてくる。

「……っっ！」

無言のまま、身体がビクリと強張った。瞬時に叫び出さなかっただけまだマシだったろうが、ショックに声も出なかったと言った方が正しいかもしれない。

顔面蒼白《そうはく》で小刻みに震える千央の瞳を、啓吾が間近で覗《のぞ》き込んでくる。不安と恐怖をうつした視線は、なによりも雄弁に千央の心情を表していた。

これでは今更なにを言い繕ったところで、誤魔化《ごまか》すことは難しいだろう。

「千央…」

笑われる。きっと思いっきり、バカにされる。

そう身構えて目をぎゅっと瞑ったが、予想に反して、啓吾からは嘲笑《ちょうしょう》の声は漏れてこなかった。

「……マルはいつもここで寝るのが習慣だから、部屋に連れていっても逃げ出してくるだろう。特にこんな日は過敏になってる」

そうして硬くなったままの千央を宥《なだ》めるように、大きな掌《てのひら》に頭をぽんぽんと叩《たた》かれる。言われると確かに、マルが千央の腕の中で毛を逆立てているのに気がつく。

「……ごめ…」

ショックで抱き締める腕に力が籠っていたのだろう。強張った腕をゆっくり解《ほど》くと、マルは窮屈そうに腕の中からスルリと逃げ出した。

「マルと一緒に寝たければ、ここで眠るといい」

啓吾は自分のベッドにかかっているカバーをはぐると、有無を言わさず千央をベッドへ押し込んだ。そうして小さく『マル』と呼ぶと、ベッドの足元で毛を繕っていた猫は、当然のような顔で千央の脇へと入り込んでくる。

促《うなが》されるままマルと並んで横になった千央は、身体に薄めの毛布をかけられてからようやく、ハッと我に返った。

「ちょっと…コレ…」

「いいから、そのまま寝なさい。クーラーがかかっているし、マルにくっつかれていてもそんなに暑くはないだろう？」

命令口調にムッとしないわけではなかったが、それよりも困惑の方が先に立った。

まさか啓吾が、こんな行動をとるなんて。

「だって、アンタは？　…どうすんの？」

ベッドを千央が占領してしまっては、啓吾の眠るところがなくなってしまう。かといって、違う部屋で寝るからと部屋から出ていかれてしまうのも困るのだ。

「脇でも空けといてくれ」

それだけ言うと、再びデスクに向かってしまった啓吾の横顔をじっと見つめる。

もしや、このベッドで一緒に眠る気か？

確かにキングサイズのベッドなら男二人で寝ても十分の広さがあるだろうが、この男と同衾《どうきん》なんて考えただけでも寒いと、思わず遠い目をしたくなる。しかし新たな轟音が窓の外から聞こえてきた時、千央はこの際、多少の不満は飲み込むことにした。

啓吾がどういうつもりかは知らないが、自分一人だけ部屋に取り残されるよりはずっといい。たとえそれが今、千央にとって天敵に値する男だったとしても。

脇では、マルが小さく丸まっている。自分のどこかが、暖かなものに触れているというのは妙に安心感があるものだ。

ここはありがたく利用させていただこうと、千央は脇に潜り込んだ柔らかな毛の塊をそうっと撫でながら目を閉じた。

あったけー…。

千央は寝返りを打ちながら、掌に触れた大きなぬくもりを撫で摩《さす》った。クーラーがききすぎているのか、毛布をかけていてもその隙間から入り込む空気がスースーする。

手に触れたぬくもりに擦《す》り寄ると、ほっとした。

何がこんなに暖かいのだろうかとうっすらと目を開けると、目の前に見慣れぬ大きな背中があってギョッとなる。

途端に今の状況を思い出した千央は、声もなく飛び起きた。いつの間にかうとうとしてしまっていたようで、カーテンから漏れる薄明かりから察すると、もう明け方らしい。

自分が湯たんぽ代わりにしていたのが、啓吾の背中と知って再び驚愕《きょうがく》に陥る。ぐっすりと寝入っていたとはいえ、よりにもよってこの男にしがみついて寝てしまうなんて。

自分のベッドを占領された啓吾は、端の方で大きな身体を丸めて狭苦しそうに寝ている。闖入者《ちんにゅうしゃ》である自分の方がベッドの中央にいるのに気付いた途端、千央は首まで真っ赤になった。

目を凝らすと、啓吾の胸元ではマルが暖を取るように寄り添っている。

クーラーをきかせすぎているせいか、マルにとっても啓吾の大きな身体は暖かくて、心地よいものらしい。

　これじゃ、ほんとに俺ってばマルと同じなんじゃねーの？

　自分でいつも『ペット扱いすんな』と言っている分、体裁が悪かった。猫と争うようにこんな風に擦り寄って、ぬくもりと安心感を求めるなんて。

　昨夜、啓吾は突然やってきた千央になにも言わなかったが、きっと全てを分かっていたのだろう。千央がなにを恐れているのか、またそれを指摘されるのをひどく嫌っていることにも気付いて、だからこそこういう手段をとったに違いない。

　千央の精一杯の虚勢など、この男には全てお見通しなのだ。それは彼が大人だからなのか、それとも啓吾という人間の懐《ふところ》の大きさからくるものなのかは分からなかったけれども。

　ズルイよ…。こんなの、絶対かなわないじゃんか…。

　外の嵐はとうにやみ、すでに穏やかな朝が近づいている。それでも今更自分の部屋へ戻る気にもなれずに、千央は再びベッドへと潜り込んだ。

　目の前にある、なにも語らない大きな背中。

　そうっと触れると、暖かさが掌を伝って染《し》みとおってくる。

　負けたくないという気持ちは確かにある。命令口調も、有無を言わせない傲慢な態度も、人をペット扱いするのもいただけないと思う。

　それでも今の千央は、啓吾という人間がそれだけではないことにも気付き始めていた。

触れたぬくもりに、どこかで安らいでいる自分がいることも。

しばらく逡巡《しゅんじゅん》したあと、部屋が寒いのがいけないんだし、アンカ代わりなんだからと自分に言い聞かせつつ、千央は再びその背に擦り寄るように目を閉じた。


「おはよう」

次の朝、のっそりと部屋から出てきた姿に声をかけると、啓吾は驚いたように目を見張った。

「おはよう、だよ。アンタ挨拶《あいさつ》もできないの？」

「いや、……お前から挨拶するとは思っていなかったからな」

それ以前に、これまで千央が啓吾より早く起きてテーブルについていたことなどなかったのだ。それが今朝はテーブルに二人分の朝食まで揃えられているのを見て、啓吾は意表をつかれたように再び目を見開いた。

「好む好まざるにかかわらず、自分以外の人間と一緒に生活するんだったら、それぐらいは常識だろ？」

結局あのあと朝まで眠れずに、千央はベッドに潜り込みながら色々と考えた。どうあってもしばらくここで暮らしていくしかないなら、少しでも自分らしく暮らしていきたい。

その為《ため》にはいつまでも子供のように拗《す》ねて、当たり散らしているばかりでは能がないだろう。ならば自分のやれる範囲で、気持ちを切り替えていこうと思う。

「そうか」

驚いたように見えたのはほんの一瞬で、すぐにいつもの鉄面皮に戻ってしまった啓吾は、素直に用意された席についた。

「これ、全部お前が用意したのか？」

机の上に並べられた温かなご飯と、焼き魚。だし巻き卵に簡単な煮物も用意した。あとは納豆でもつければ完璧《かんぺき》な日本の朝食である。いつもなら朝はパンにコーヒーだけと簡素なメニューに限られていたが、今日は味噌汁《みそしる》まで用意してあった。

確かにこれまでとは違う千央の態度を啓吾がいぶかしむのも当然だとは思うが、そんな風に驚かれるのも癪に障る。

「……このうちに俺とアンタ以外に誰がいんの？　それともマルが作ってくれんの？」

憎まれ口を叩いているという自覚はあったが、昨夜のお礼代わりに用意したなどとは、口が裂けても言いたくなかった。

いいから黙って食えよ。

照れくささもあってぶっきらぼうに答えながら、視線を逸《そ》らす。

別に食い物で釣ろうとか、そう思ったわけではないけれど。更に言わせてもらえば、こんなガタイばかりがいい鉄面皮を釣ったところで、楽しくもなんともないけれど。

和食だろうと洋食だろうと寝起きはコーヒーを好む啓吾に、用意しておいたカップを無造作に手渡す。自分でも気付かぬうちにこの男の好みを把握していたことを悟られたくなくて、気恥ずかしさに千央はますます無口になった。

しかし、そんな居たたまれなさを味わっている自分とは対照的に、差し出されたコーヒーを受け取りながら、脇にあった英字新聞を広げる啓吾が妙に落ちついているように見えて、憎らしい。

「食事時に新聞を読む奴《やつ》なんてのは、マナーがなってないと俺は思うね」

ご飯をよそいながら聞こえるようにボソリと呟いてやると、啓吾は眉を僅かに顰めて、静かに新聞を折りたたんだ。

こちらがあれこれ悩みながらも歩み寄る努力をしているというのに、涼しげな顔を崩《くず》そうともしないこの男に、イジワルをしてやりたい気分になってくる。

少しはそっちも悩めよな。

せめて千央が一晩、啓吾について考えたくらいには。

「挨拶もまだ返してないよ。マルだって、挨拶ぐらいできんのにな?」

一足先に与えられたエサを食べ終えたマルが、千央の足元へと擦り寄ってくる。その喉元を擽《くすぐ》ると、マルは応えるように『ニャー』と鳴いた。

「……おはよう」

それから? という意味をこめて顎《あご》を少し上げると、なんともいえない複雑な顔つきをした啓吾と目が合った。

「…いただきます」

「はい、どうぞ」

よくできましたというようにニッコリと微笑《ほほえ》みながら、千央はマルを優しく撫でた。

日頃より『人をペット扱いすんな』と怒られている千央から、お返しとばかりに今度は自分が飼い猫のような扱いを受けた啓吾は、ひっそりと小さく溜め息を吐く。

苦い顔でコーヒーを飲む男の姿を横目で見ながら、千央はこっそりと舌を出した。

そうそう、やられてばかりいるもんか。


「珍しい光景ですねぇ…」

いつも通り啓吾を迎えにきた松本《まつもと》は、二人が揃って朝食の席についている姿を見て、感嘆の声を漏らした。

「いやぁ、美味《おい》しそうだ」

「松本さんも食ってく？」

この松本という男は啓吾の第一秘書をしており、仕事の取引きから車の運転に至るまでをこなしている。実際は啓吾よりずっと年上なのだろうが、見た目は年齢不詳で、取り澄ました顔をしている彼の主人とは対照的に、いつも人のいい笑みを浮かべていた。

仕事はかなりできるとの噂だが、千央へ屈託《くったく》なく話しかけてくる姿は穏やかで、とても切れものの秘書といった感じではない。

「ありがたいお申し出ですけど、出かける前に食べてきちゃったんですよ。これ全部、千央さんが作ったんですか？」

問われて頷《うなず》く。作るといっても冷蔵庫の中身が限られているので、たいしたものは用意できなかったのだが。

「分かっていれば、食べてこなかったんですけど。是非明日は、こちらで頂きたいですね」

「じゃあ、なんか用意しとくよ」

啓吾と千央の確執を全て知った上で、どちらにも属せずといった中立的な立場をとり続ける松本に、千央はかなりの好感を持っていた。啓吾の部下でありながら、千央が彼の主人を容赦なく罵《ののし》っている姿を見かけてもニコニコと見守っている。

また気のきかない主人の代わりに、軟禁されている千央が退屈しないようゲームや本を差し入れてくれたのも松本だった。

食事を終えた啓吾は、支度を整えるため奥の部屋へと入っていく。

「よくまぁ、手なずけましたね」

「……なんだよ、松本さんまで人をペット扱いすんの？」

味方じゃなくても敵じゃないと思っていた分、その言い方にはムッときた。

「違いますよ。千央さんのことじゃなくて、あっちの方」

拗ねる千央の頭をクシャリと掻《か》き混ぜて、松本はクスクスと笑った。向けた視線は、もちろん奥の部屋を指している。

「でも千央さんも、よく気が変わってくれましたね」

昨日まで二人を包んでいたピリピリとした雰囲気がなくなったと、心から嬉《うれ》しそうに話す松本に千央は言葉を詰まらせた。

「別に…することなくて暇だし。ただ養われてるのなんて、気がひけるから…」

昨夜のお礼代わりと教えるのは簡単だったが、そうすると自分の弱点までさらすことになってしまう。さらにそのせいで昨夜一晩、啓吾に一緒に寝てもらったなんて、口が裂けても言えそうになくて、千央は言葉の先をもごもごと濁した。

それでもこの邪気のない笑顔の前では、ぽろっと本音が出そうになってしまう。

「お暇なら部活にでも出ればいいじゃないですか？　それぐらいの外出なら副社長も許してくれるでしょうし。夏休みでもテニス部はあるのでしょう？」

「……なんでそんなことまで知ってんの？」

千央がテニス部に所属していたことを、松本が知っているとは思わなかった。中学から始めたテニスで千央は、そこそこの成績をとっていたが、高校ではバイトのために部活は二の次となっていた。友人に誘われていまだ籍を置いてはいるものの、忙しくてまともな活動はしていない。

「ある人からお聞きしました。かなりいい成績だったのに、高校に入ってからは休んでばかりだそうですね。生活の為に勿体無《もったいな》いことをさせたと零《こぼ》していらっしゃいましたよ」

松本の言うところのある人が、姉の響子だと気付いて千央は黙った。ここで響子を持ってくるのは卑怯《ひきょう》だと思う。

姉には心配をかけたくないと、それだけを千央は願っている。ここで啓吾と暮らすことを承諾したのも、それがあるからだ。

「でも、アイツが……許すわけないじゃん」

「ここへ戻ってくることとさえ約束すれば、許しますとも。それとバイトはしないことをね」

『他人に頼りきった生活だけはしない』というポリシーを曲げるのが嫌で、ここまで意地を張ってきたのに、それでは元も子もない。再びむくれた千央に対し、松本は穏やかな瞳のまま苦笑した。

「まぁ、バイトのことはともかくとして。千央さんをここに閉じ込めておくことに関しては副社長もずっと心を痛めていらっしゃったようですし、ここへ帰ってくることを約束してからおねだりすれば、一発ですよ」

「はぁ?」

あの男の頑《かたく》なさを身近で一番よく知っていながら、どこからそんな発想が湧《わ》いてくるかは分からなかったが、『私が言ってもダメでしょうけど、千央さんなら大丈夫』という根拠のない自信に押されるように千央はしぶしぶ頷いた。

千央とていい加減、このマンション暮らしには我慢の限界がきていたのだ。

それほどテニスに執着していたわけではないが、松本にすすめられると、なぜか無性に外へ出てみたい気分になってきた。

「待たせたな」

髪一筋の乱れもなくピシリと身支度を整えた啓吾が、いつも通り颯爽と奥の部屋から現れる。千央より大きな身体とは思えないほど、無駄のない洗練された動きをしているのが歩き方ひとつでよく分かった。

このなにより無駄を嫌う男に、自分の意見など通るかどうか怪しいものだと考えながらも、松本のニコニコ顔に押されて千央は一歩歩み出た。

「なぁ」

傍《そば》に立つと、啓吾の長身がよく分かる。見上げるように向き合うと、思いがけずまっすぐ見つめ返されて、千央は言葉を飲み込んだ。

これまで啓吾と言い争うことはあっても、こんな風にまっすぐに向き合ったことはなかったように思う。横顔や後ろ姿は見慣れていたが、こうして真正面に立つと、いかにこの男が整った顔立ちをしているのかを思い知らされた。

鋭く切れ上がった瞳から感じる威圧感に、気圧《けお》されてしまいそうになる。

「あの、できたら買い物とか……行きたいんだけど。夕飯とか自分で作りたくても、たいした食材がないし。誰か違う人が買ってきたものだとメニューも限られるから」

思いきって口にした言葉に、啓吾がちょっと眉をひそめたのが分かった。

これは頭ごなしに反対されるかな？　とほんの少しばかり身構えたが、予想に反して啓吾の口からは却下の言葉は出てこなかった。

「……逃げるつもりは、ないよ」

一応、その気がないことは断っておく。つい昨日までは『逃げ出してやる』と息巻いていた本人が言うのだから、このセリフに効力がそれほどあるとも思えないが、嘘ではなく今ではその気は薄れはじめている。

はじめにここへ連れてこられた時だって、しぶしぶだったとはいえ、一度は同居を承諾した身だ。バイトの件でもめたことは予想外にしろ、それまで他人だった人間と共に暮らしていくのなら、歩み寄りが大切なのは重々承知してきたことだ。

「アンタとうまくやっていくって、昨日も姉ちゃんと約束しちゃったし。それにいつまでもこのままってわけにもいかないだろうしさ」

早口で並べたてる千央の言い訳じみた言葉を、啓吾は普段通りのポーカーフェイスで聞いていた。

そうして聞き終わったあと、お定《き》まりのように『そうか』と呟かれてまたカチンとくる。

「アンタねぇっ…」

またそれかいっ！　と怒鳴りかけた千央の前で、啓吾は胸ポケットから取り出したものをテーブルの上にカチャリと置いた。銀色の塊が二つついたそれは、どうやら鍵のようだ。

「ここの近くにも店があるから、場所が分からないなら松本に連れていってもらうといい」

それだけ言うと、啓吾は身を翻《ひるがえ》して部屋を出ていく。その後ろ姿を、思わずポカンと見送ってしまった。

こんなに簡単でいいわけ？

あんなに大騒ぎして、何度も連れ戻されて、軟禁されて。それが千央のたった一言でクリアされてしまうなんて。

『ほら、だから言ったでしょう？』というように、松本が悪戯《いたずら》っぽく千央へ笑いかけてくる。それにハッとして、慌てて啓吾のあとを追った。

「なぁ、ちょっと…」

「なんだ？」

呼び止めてはみたものの、なにを言うつもりなのか千央自身よく分かっていなかった。とりあえず、あたりさわりのないことを口にする。

「なんか夕飯のリクエストとか、ある？」

「特にはないな。とりあえず、食えるものにしてくれ」

どうしてこう、啓吾が口にする一言一言が癇《かん》に触って聞こえるのか。

「バカにすんな。ちゃんと食えるものぐらい作れるよ」

ムッとして答える千央の肩を、松本がぽんぽんと叩いた。

「分かってますって。副社長がぶっきらぼうなのは照れ隠しなんですよ。本当は千央さんから折れてくれて、嬉しくって仕方ないんだから」

余計なことは言わなくていいとばかりに、啓吾は眉の間の縦皺を再び濃くして松本を振り返る。

「松本、置いていくぞ」

言われてみれば確かに、いつも気難しい顔をした啓吾の眉間が少し緩んでいるようにも思える。それを見たら、千央の方こそ力が抜けた。

自分から『逃げるつもりはない』と、そう約束しただけなのに。

この奇妙な共同生活を続ける上で、歩み寄りが大切だと感じていたのは、どうやら啓吾も同じだったらしい。ただそのきっかけが、うまく掴めないでいただけなのだとなんとなく伝わってきた。

なんだ。俺ばっかりじゃなかったんだ。

照れたように大股《おおまた》でリビングから出ていく後ろ姿に、つい笑みが零れる。

「いってらっしゃい」

千央が笑いながらその背中へ声をかけると、ピタリと立ち止まった啓吾は、ドアを再び大きく開いてリビングへと戻ってきた。

「……いってくる」

それだけ言うと音を立ててドアを閉め、再び松本が待つ玄関へと急ぎ足で戻っていく。

なにごとだ？　としばし呆気に取られていたが、どうやら今朝千央が言った『挨拶は常識』という言いつけを、忠実に守ろうとしているらしいと気付いて、ますます笑いが止まらなくなった。

「あんな、あんな大きなガタイでっ……」

一人残された部屋の中で、千央は悪いと思いつつも涙が出るほど笑わせてもらった。

海東グループの若きトップで、何万人という部下に指示を出し、鋭い視線と整った容姿からの威圧感で他人を征することも可能なくせに、自分のようなただの子供の言いつけを律儀に守ろうとしてくれている。それは啓吾なりに、千央と向かい合っていこうと考えてくれている証《あかし》なのだろう。

それに気付いたら、なんだか胸の中に暖かなものが流れていくのを感じた。

見た目や態度はあんなに傲慢そうに見えるくせに、なんて不器用な奴。

昨夜啓吾から感じた包み込むような暖かさは、気の迷いか思い過ごしかとも思ったけれど。触れていなくても、なぜだか今はそれが伝わってくる。

あの不器用な男は、不器用なりに千央を気にかけてくれていたのだ、これまでもきっと。ただ、それに自分が気付かなかっただけで。

膝の上のマルを撫でながら、千央はこれまでの自分を思い返した。どちらかといえば、これまで対面することを避けていたのは、啓吾を毛嫌いしていた自分の方だったのかもしれない。

「……よしっ」

不承不承《ふしょうぶしょう》ながらも食わせてもらっている身ならば、できるだけのことはしよう。バイトの件はまた追い追い考えていくにしても、今の千央にできることといったら、家事ぐらいしかない。

他人になるべく頼らないという生き方までは、変えたくないから。

「そうと決まったら、思わず唸《うな》らせるぐらいのものを用意してやろうじゃねーの」

ペロリと舌なめずりすると、千央はテーブルの上に置かれた鍵と自分のデイパックを掴んで、買い出しへと出かけていった。

そうやって腰を据えてしまえば、啓吾との同居生活はなかなか悪くないものとなった。

もともと啓吾は細かいことに口を出す主義ではないらしく、家事も千央の好きなようにさせてくれる。

夏休みなので、時間は腐るほどある。閉じ込められていた期間にすることがなくて、宿題もあらかた進めてしまったし、ゲームにも飽きていた。

響子のところにも顔を出したが、義兄との幸せぶりにあてられて早々に帰ってきた。今年の夏休みはバイトをしまくるつもりだったので、友人とどこかへ出かける予定も入れてない。

啓吾は朝迎えにきた松本とマンションを出て、夜の八時頃には帰宅する。朝食は松本を加えて三人でとったが、夕食は啓吾と二人きりの方が多かった。どうやら仕事をしている松本を会社に残して、先に帰ってきているらしい。

昨夜、久しぶりに夕食へと招かれた松本は、『私もこんな美味しい手料理が食べられるなら、毎日でも早く帰宅したいんですけどねぇ』と、珍しく意地の悪い声で啓吾に嫌味を漏らしていた。どうしても暇になる昼間の時間は、松本にすすめられた通り部活へ顔を出すことに決めた。それを啓吾に伝えた時も、相変わらず『そうか』で流されてしまったが、これにはさすがの千央も慣れてきた。

この男の言い方や態度が傲慢そうに見えても、特別に他意はないのだ。

けれども千央だけが、変化を受け入れていくのは公平じゃない。一緒に生活するなら、啓吾にだって少しくらいの努力をしてもらわねば困る。

その件についてこっそり松本に相談したところ、公平を好む彼の部下は『いいですね。どんどん教育してやって下さい』と、にこやかに応援してくれた。

実際、人から傅《かしず》かれて育った啓吾には、人並みの生活能力というものが欠落しているのだ。

「こっちも腹は括《くく》ったんだから、あんたも最低限のルールは守ってよね」

そう宣言してから、三日。

啓吾は千央から出されるルールに、なんとか順応しようと悪戦苦闘しているようだ。

「洗濯物はクリーニングするものと、家で洗うものと分けて出して」

「そんなことまでするのか？」

「当たり前じゃん。だいたい大の大人が、下着までクリーニングで洗ってもらうなよ。勿体無いな」

どう見ても高そうなスーツやシャツはクリーニングだとしても、とりあえず下着やハンカチ、シーツくらいは家で立派に洗える。この男はこれまでそれら全てをクリーニングに出していたらしい。

乾燥機つきの立派な洗濯機が、きちんと備えつけられているというのに。

いくら金持ちだからって、経済観念がまったくなってない。

これは一から鍛え上げねばならなくなりそうだ。そう思うと頭が痛かったが、同時に楽しみでもあった。

自分よりずっと大人で完璧なこの男に、なにかひとつでも勝てるものがあるのだから。

「あ、食べた食器は自分で流しまで運んどいてね」

夕食後に平らげた皿を指し示すと、そうそうなことでは崩れることがない整った顔が歪《ゆが》んだように見えて、千央はこれまでの不自由に対する溜飲《りゅういん》を少しだけ下げた。

全く、しごきがいがありそうだ。


「志水、久しぶりだなぁ」

久しぶりに部活へ顔を出すと、見慣れた顔が出迎えてくれた。中学から付き合いのある河野《こうの》や、テニス部の仲間達が声をかけてくる。夏休みだというのに、学校には部活や補習などでかなりの人間が集まっていた。

「お前最近、付き合い悪いんだもんなー」

そう言って絡んでくる部員達に、まさか『軟禁されてましたので』と言えるはずもなく、千央は曖《あい》昧《まい》に笑ってやり過ごした。確かに二年になってからは姉の結婚や一人暮らしで、部活どころではなかったのが現状だ。

「またケンカして出てきたんじゃないだろうな？」

唯一、千央の事情を知っている河野は、久しぶりに顔を見せた親友をからかった。軟禁されていた間も河野には電話をしていたし、千央が河野の家に雲隠れさせてもらった時、迎えにきた啓吾とも面識がある。

「違うよ。お前には電話しといただろ。今はなんとかうまくやってんの」

「へぇ。あの男前の甥っ子を飼いならしたのか？　それともお前が飼いならされたの？」

なんだ、そのもののたとえは？

シューズに履き替えながら睨み上げると、河野はニヤニヤと口端を歪めて笑っていた。

「だいたい、解放されたのだって五日も前なんだろ？　それなのに、さっぱり顔も見せないで。他人の世話にだけはなりたくないって、息巻いてたお前が大人しく飼われてるんだから、さぞかし居心地がいいんだろうな」

どうやら心配をかけたことへの嫌味らしい。河野のこうしたものの言い方は、中学の頃から慣れている。本気で言っているわけではないのだろうが、自由になっても顔を見せなかった千央への、意趣返しのつもりなのだろう。

「別に飼われてなんかねーよ。俺の方があっちの世話をしてやってるぐらいなんだから。アイツ、あんなデカイ図体してるくせに生活能力が皆無なんだぜ？　今までどういう生活送ってきたんだか」

「海東家のお坊ちゃまなんだから、そんな必要なかったんだろ」

「だからって、大の大人が洗濯物の仕分けもできなくてどうするよ」

他にも、いかにあの無骨な男が生活能力欠落者なのかを並べ立て、それらを自分が端からフォローしてやっているのだと力説すると、河野は目を細めて腕を組んだ。

「世話女房みたいだな……」

ボソリと吐かれた言葉に、容赦なく頭を叩く。

「お前ねぇっ」

「志水」

ネットの向こう側から声をかけられて見上げると、副部長の綾瀬《あやせ》が立っているのに気付いて千央は慌てて頭を下げた。

「綾瀬先輩…、この間はどうもすみませんでした」

「いや、こっちも気にはなってたんだけど。連絡先も分からなくって」

「せっかくバイトを紹介してくれたのに、勝手に辞めることになっちゃって…」

「ああ、それはいいよ。どうせ親戚《しんせき》が道楽でやってる店だし…」

ファーストフードをクビになった千央に、綾瀬は身内がやっている店のウェイターのバイトを紹介してくれたのだ。しかしその後すぐに軟禁状態になってしまった為、あまり通わぬうちに辞めざるをえなくなってしまった。

真面目《まじめ》に活動していないわりに、千央はその可憐な容姿や素直な性格から、先輩達に可愛がられている。その中でも綾瀬は、特によく目をかけてくれるうちの一人だった。

サボリがちだった千央が、それでも部内で浮き上がらずにすんだのは、親友の河野とこの綾瀬によるところが大きいと思っている。

「色々あって、今は親戚の家で暮らしてるんで…」

連絡がとれなかったことに関しては、誤魔化すように笑って追究を避けていると、背後で二人のやりとりを見ていた河野にグイと強く腕を引っ張られた。

「お前、綾瀬さんのところでも世話になったのか？」

「ああ、バイトを紹介してもらったんだ。ダメになっちゃったけど」

ふうん、と河野は頷いた。その含みを持った仕草がなんとなく引っかかる。

「……なんだよ？」

「いやいや。なーんか危なっかしいんだよなぁ。お前は少し無鉄砲なところがあるから、監視してもらってちょうどいいのかもな」

まるで啓吾に肩入れしているかのような口ぶりにムッとして、思いきり足を踏みつけてやる。

だいたい河野は、啓吾が彼の家まで千央を連れ戻しにきた時も、引きとめるどころか黙って見ているだけだった。その上、親友が荷物のように担ぎ上げられている姿に、どこか面白そうな笑みさえ浮かべていたのだ。全く、友達がいのない奴である。

啓吾といい、河野といい、人をペットか小さな子供扱いするのはいい加減にして欲しい。

実はバイトに関しては、啓吾との決着がついていない。こうして部活に出たり、千央のすることに対してほとんど口を挟まない啓吾だが、バイトに関してだけは首を縦に振らないのだ。

もちろん千央も自分の意見を曲げない為、この件ではいまだにもめている。

「あの石頭」

今時、高校生がバイトしたくらいで目くじらを立てないで欲しい。

なぜあんなに頑ななのか、千央の方こそ首を傾《かし》げたくなってくる。海東家に繋がりのあるものがバイトをしていると体裁が悪いという理由だけで、あそこまで頑固に反対するものだろうか？

どうせ自分は海東じゃないのに。

「志水だったらいつでも来てくれていいって叔父さんも言ってたから、またバイトしたくなったら遠慮なく声かけて」

「ほんとですか？」

綾瀬のありがたい申し出に、千央は顔を輝かせて飛びついた。かなり時給も待遇もよいバイトだったので、諦めるには惜しいと思っていたのだ。

それに人を子供扱いする悪友や啓吾の鼻を、明かしてやりたい気持ちもあった。

「おい…」

渋い顔をしている河野はこの際、脇において置くことにして、ネット越しに手招きをしている綾瀬へと、千央は足早に近づいていく。

部活に出ている時間をバイトに充てれば、当分啓吾にはばれないだろうし。そのうち頃合いを見て、話をすればいい。

「俺は知らねーぞ…」

浮き足立った千央の背中を見送りながら、河野はボソリと呟いた。

千央の保護者となった啓吾とは一度会ったきりなのだが、河野にはあの端正な顔をした眼光鋭い男が、真剣に千央を思いやっているのが伝わってきた。本人はきっと認めはしないだろうが、千央には周囲の人間を惹きつける魅力と共に、どこか手を差し出したくなるような危なっかしい面がある。

きっとあの男も、それに十分振り回されているのだろう。この様子だと今後もそれが続くであろう啓吾に同情を寄せて、河野は大きく溜め息を吐いた。

もちろん千央が隠れて再びバイトを始めたことは、すぐさま啓吾の耳へと届いた。

『千央さんにも、思うところはありますでしょうし』などと松本に諭《さと》されなくても、今度ばかりは啓吾も口を挟むことを躊躇《ためら》っている。最近は千央ともかなりいい雰囲気で、穏やかな生活を送っていると思っていたから尚更だ。

千央が再びバイトを始めたということは、まだあのマンションから出ていくことを諦めていないということなのだろうか？　せっかくうまくいきかけてきたと思った同居だったが、どうやらそれは自分だけの思い込みだったのかもしれない。

仕事の合間に時間があると、そんな後ろ向きな考えが啓吾の頭の中を占めていく。

千央の悪戯っぽく、人を見上げてくる気の強そうな瞳。屈託なく笑う時の明るい声も、なにもかもが啓吾には新鮮だった。最初はわずらわしいとさえ思っていた挨拶も、習慣になってしまえば、出迎えてくれる声がこんなに暖かく感じるとは思いもしなかった。

あの細い身体のどこにそんな気概がと驚くほど、他人に強制されることをよしとしない意志の強さ。そのくせ、どこか放っておけないような脆《もろ》さを垣間《かいま》見せることもある。

他人に必要以上に頼ろうとはしないくせに、人から受けた恩にはできるだけ報いようとするような義理堅い面も、損得でしか物事を計れない自分とは大違いだ。

きっと彼を取り巻く周囲に、どんなにか愛されて育ってきたのだろう。人を惹きつけずにいられない魅力からも、それがとてもよく分かる。

そんな千央が、自分から歩みよってきてくれた時は心から嬉しかった。

毛嫌いされていると信じていたから、少しずつ打ち解けてくれる様子を見るたび、歳がいもなく胸が高鳴った。

そうした千央の自由な生き方に惹かれていながら、彼を解放することもできない自分の心の狭さを、啓吾は苦く笑った。

あの存在を、本気で閉じ込めておけると思っていたなんて。

いつか千央はまた、あのマンションを飛び出していくのかもしれない。その時、引き止めるだけの権利が自分にはあるのだろうか?

『未成年だ』というそれだけではもう、理由にならないだろうなと、啓吾はひっそりと溜め息を吐いた。


千央が部活を早めにきりあげて、バイトへと向かう生活を始めてから、一週間近くが過ぎていた。今はまだ仮契約の身だが、ゆくゆくは正式にシフトを組んでもらう予定になっている。

再び隠れてバイトを始めたことは、啓吾に対する裏切りのように思えて少し心苦しかったが、今は以前のように出ていくつもりで始めたわけではない。

見返してやりたいとか、負けたくないとか、そういう見栄があるのは確かだ。でもそれ以上に、いつまでも啓吾に甘えているわけにはいかないから。

食費くらい入れられるようになるといいと、千央なりにそう考えていた。

そうじゃないと、本当にマルと立場が変わらない。飼われているんじゃなくて、同じ立場で暮らしていきたい。これは密《ひそ》かな意地でもあるのだ。

自分以外の誰かに頼ってしまうのは容易《たやす》い。啓吾のように度量の深い男ならば尚更だ。

啓吾はきっと自分をどこまでも甘やかしてくれる。それが今ならよく分かる。

でもそれに甘えてしまったら、抜けられなくなるんじゃないかと思うと怖い。今まで姉以外の誰かに甘えて暮らした経験がないから、尚更、底無し沼のような深みにはまりそうな気がする。

一緒にいられるなら、できるだけ互いにとって心地よい存在になりたかった。

だから綾瀬がこのまま正式にバイトに入って欲しいと電話をくれたのは、渡りに船だったのだ。

「ホントですか？　ありがとうございます」

『志水からの頼まれごとなら、これくらい安い用だって。ま、感謝くらいはして欲しいけどな』

「感謝なんてメチャクチャしてますよ。ほんとに、先輩ってばいい人ですね」

『おお、もっと誉めてくれ』

受話器の向こうで調子に乗る綾瀬に、千央は小さく笑った。

「優しくって、頼り甲斐《がい》があって、憧《あこが》れてます。綾瀬先輩のそういう後輩想いのところ、すっごく好きです」

悪乗りしすぎかとも思ったのだが、それぐらい千央にとっては嬉しかった。綾瀬もふざけているのは分かっていたので、大げさに感謝の気持ちを表しておいた。

本当なら今日も部活のあとにバイトへ顔を出す予定だったのだが、途中から嫌な感じの雲が広がり始めているのを見つけた千央は、適当な理由をつけてキャンセルさせてもらったのだ。

これだから、本当に夏場は嫌になる。

アレが鳴り出す前にと慌てて帰途につくと、マルが玄関まで千央を出迎えてくれた。はじめはマンションなんてくそくらえと思っていたが、自分以外の誰かが待つ家の存在というものは、それだけでどこか暖かい気分にしてくれる。

実は一昨日《おととい》の晩も大きな夕立があったばかりで、千央は『マルと遊びたいから』などという見え透いた言い訳を盾にして、啓吾の部屋へと避難していた。

ガタイのいい男なんて邪魔なだけかと思っていたが、こういう時だけは、そこにいるだけでも大きく感じられるその存在感が、正直頼もしいとすら思えてくる。

ボロアパートの中で一人、嵐が通りすぎるのを震えて待っていた時とは大違いだ。

まだこんな早い時間では当然啓吾が戻っているはずもなく、一人取り残されている状況は今も変わらなかったが、そこここに啓吾の名残《なごり》を感じられるこの家の中には、なぜだか妙な安心感と余裕があった。

こうして誰かと電話しながら、ふざけて話ができるくらいには。

「ええ、じゃあ。明日はちゃんと伺《うかが》いますので」

千央は綾瀬の言葉に浮かれつつ、受話器を置いた。

正式に採用が決まったのなら、啓吾にも話をしなきゃいけなくなる。うるさく言われるだろうと思うと頭が痛かったが、きちんと話せば分かってもらえるだろう。

そんなことを思いながらふと顔を上げた千央は、リビングの入り口に本来ならばいるはずのない人物の姿を見つけて、息を飲んだ。

「……あ…」

しばし向かい合って黙り込む。

窓の外でゴロゴロと低く轟き始めた雷鳴が、シンと静まり返った空間を満たしていく。しかし、今の千央にはそれを恐れる余裕もなかった。

今の会話を、聞かれていたのだろうか。

マズイと思った。まさかこんな真っ昼間から、啓吾が帰ってきているなんて。

「なにを驚いているんだ？」

千央が小さく舌打ちしたのも、啓吾には敏感に伝わったのだろう。流麗《りゅうれい》な眉が僅かに上がり、鋭い眼差しがすっと細められた。

「なにを浮き足立っているのかと思えば…、男へのラブコールか」

言われた言葉の意味に気付いて、千央は思わず唖然《あぜん》となる。黙ってバイトをしていた件で責められるならまだしも、こんなことを言われようとは。

「ただのバイトの話だよ…」

その『ただのバイト』が、自分達を引き離していく引き金になると危惧《きぐ》していた啓吾に、千央の言葉は届かなかった。

「その男が好きなのか？」

「なっ…」

啓吾の言っている意味が理解できない。確かに先ほどの電話では浮かれすぎて、大げさなくらい綾瀬を褒《ほ》め称《たた》えてしまったが、別に彼へなにか特別な感情を持ったことはなかった。

それなのになぜ、ここまで冷たい視線にさらされなければならないのだろうか。

今までどんなに千央が我《わ》が侭《まま》を言おうとも、家を飛び出そうとも、啓吾がこんな風に刺すような鋭い視線で、千央を見つめたことはなかったのだ。

言い訳の言葉すら飲み込まずにいられないような、容赦のない厳しい瞳。

初めて男の本気に触れて、千央はこれまでの自分がどれほど浅はかだったかを思い知った。獰猛《どうもう》なまでの威圧感を、その大きな身体のうちに秘めていると知っていたはずなのに。

「随分、慣れた様子だったな」

抑揚《よくよう》を抑えた静かな声が、かえって啓吾の中の静かな怒りを表している。

まるで深い川のように、表面上は穏やかそうに見えても、底の流れはひどく激しいことを感じとって、本能的な恐怖を覚えた。

千央の不安を煽るかのように、雷鳴《らいめい》が先ほどよりも強く轟く。

「そうやって…、いつも男の機嫌をとっているのか？」

言われたことに、かぁっと血が上る。

「そういえば松本にも媚《こび》を売っていたようだしな。男に取り入るのが、とても上手らしい。それもお姉さんの教育の賜物《たまもの》なのか？」

ハッとなった時には、もう手を振り上げていた。

体格の違いとか、そんなことも頭に浮かばないくらい、とっさに手が出た。

自分のことならまだいい。なんと言われようと、卑怯なのは自分自身だったのだから。口汚く罵られても許せると思った。

けれども響子のことだけはダメだ。なにに代えても、姉を侮辱されることだけは許せない。

自分を犠牲にしてまで、千央を育ててくれた姉。その存在を、汚されることだけは許しがたかった。

けれども、千央の振り上げた手は啓吾にあっさりと掴まってしまう。

「はなっ…せ！　アンタなんか最低だっ」

闇雲《やみくも》にもがいて反対の腕を振り回したが、それすらも啓吾に捕らえられ、ひとつにまとめ上げられる。啓吾にとっては、千央の抵抗などないに等しいのだろう。

「最低で結構だ。それで？　お前はその最低な男を騙《だま》してまで、愛しの先輩とやらのところへ行きたいわけか？　未成年を酒場で働かせるような男のもとに。どちらが最低かは、考えるまでもないな」

バイトの件についても、すでに調べられていたと知ってカッとなる。

いつもそうだ。自分の知らないところで、啓吾は手を回している。

酒場といっても夜になるとバーになるだけで、昼間はただの喫茶店だ。千央は喫茶店での手伝いしかしたことはないし、その指摘は筋違いである。けれども今、そんなことを言い争っても、意味がないことはよく分かっていた。

啓吾にだけは、そんなことを言われたくなかったのに。

「……それだって、アンタよりはよっぽどマシだよ！　綾瀬先輩はいつも俺に優しくしてくれる」

「そんなもの、ただの下心だろう」

人の好意を下心と決めつける啓吾が、千央はたまらなく嫌だった。

確かに綾瀬には千央を構いたがったり、スキンシップがいきすぎるような面がある。それについては河野にも『その気もないのに、あまり気を持たせるな』と釘《くぎ》を刺されたばかりだが、よく知りもしない啓吾に言われるのだけはごめんだった。

「綾瀬先輩はいい人だよっ。アンタみたいな冷血漢の、クソったれジジイなんかと比べ物になんないね！」

途端に掴まえられた腕を、ギリギリと力任せに握り締められた。その力強さに思わず涙が浮かんだが、必死になって視線を逸《そ》らすことだけはしなかった。

今、この刺すような男の瞳から視線を逸らせば、負けてしまうのは千央の方だ。

「私が…、その男に負けていると？」

今までいつも人の上を歩いてきた啓吾にとって、誰かに劣るというレッテルはひどく堪《かん》に障ったのだろう。ギリリと強く締め上げられた手首が、熱を持ったように痛んで、千央は強く奥歯を噛み締めた。

「……そうだよ。先輩の方が、アンタなんかよりずっと優しいし、人間らしい」

「だからって、見返りに身体を差し出すのか？」

完全に誤解されている。けれども、その誤解を解く気にもならなかった。

「それでも、飼い殺しにされるよりかはよっぽどマシだね」

その一言がまるで決定打のように、窓からカッと部屋へと差し込んだ雷光が、立ちすくむ二人の間を切り裂いていった。

バリバリッと地を這《は》う轟きが、僅かに遅れて鼓膜を震わす。それは二人の間で張り詰めていた糸が、音を立てて千切れたかのような錯覚を起こさせた。

続いてバラバラと降り出した大粒の雨が、激しく窓を叩いていく。それに千央の身体がビクリと強張ったが、啓吾の前からは一歩も動き出せなかった。

本当はもう、ペット扱いだなんて思ってはいない。言いすぎたと瞬時に思ったが、今更それを撤回できる空気ではなかった。

「そうか」

瞳の激しさとは対照的に、低く、感情を抑えた声。こんな時でさえ、啓吾の言葉は変わらない。それが尚更、千央を苦しくさせた。

「……それなら仕方ないな」

掴まれた腕を強く引かれて、ソファへと手荒く放り出される。千央が文句を言う間もなく、啓吾の大きな身体に上からのしかかられた。

目を上げると、啓吾の整った顔が息もかかるほど近くに迫っている。その横顔を、まばゆいばかりの閃光がカッと照らして、千央は鮮烈な印象に息を飲んだ。

脳裏に焼けつくほどの、激しい煌《きらめ》き。それが啓吾の彫りの深い造形に明暗をつけ、怖いぐらいに整った顔立ちをより一層、際立たせている。

こんな間近で、まっすぐに見つめ合ったことはない。窓から差し込む雷光よりも苛烈《かれつ》な激しさを放つ瞳に、呼吸さえ忘れそうになる。

「お前の理論から言わせてもらえば、食事や衣服を与えて学校にまで行かせてやってる私にも、感謝してしかるべきということになるな。なら、それ相当の働きをしてもらおうか」

「な…に……？」

大きな掌に胸元を強く開かれて、着ていたシャツのボタンがビッとはじけ飛んだ。

「逃げるな」

現れた細い首筋に、かみつく様に口付けられる。瞬間走った痛みに、本気で歯を立てられたことを千央は知った。

ビクリと跳ねた身体を、啓吾は自分の身体でやすやすと押さえ込む。

「お前をここから出す気はない。飼われているのが嫌だというなら、労力で返してもらうことにしよう。…お前が望む通りにな」

なにを言っているのか、分からないわけではない。けれどもまさか本気で、この男がそんな行為に及ぶなどとは想像すらできなくて、千央は茫然《ぼうぜん》とした。

啓吾は目を見開いたままの千央の耳に舌を這わせ、『動くんじゃない』と言い聞かせるように囁《ささや》いた。

「その男にも、してやっているんだろう?」

はだけられた胸元を撫で回すように、啓吾の無骨《ぶこつ》な手が肌を探《さぐ》る。抗議の声を上げる前に、唇は荒々しく塞《ふさ》がれた。

ぎゅっと目を瞑っても、耳へと届く激しい轟音が、雷光に染められた啓吾の横顔をフラッシュバックしていく。

「……っ!」

身の内の怒りを表したような、啓吾の激しい口付けに翻弄される。息をするのも苦しくて、必死で顔をずらそうとすると、強い力で顎を引き戻された。

頬を伝う唾液《だえき》も、飲み込まれる。

こんな形で、啓吾は千央に思い知らせようとしているのだ。

どれだけ自分が非力で、愚《おろ》かな子供なのかということを。

他人の手など触れたことのない場所に、啓吾の大きな掌が無遠慮に入り込んできた。下着ごとジーパンを引き摺《ず》り下ろされ、無我夢中でばたつかせた足を反対に押さえ込まれて、啓吾の意のままに操られていく。

「…あっ……」

敏感な部分を握り込まれ、強弱をつけるように撫で擦られてしまうと、走り出した身体はあっさりと心を裏切った。

「や…っ、やだっ…!」

未熟な身体は抑えることも知らずに、啓吾の前で形を変える。それに身の置きどころのないほどの羞恥《しゅうち》を覚えた。啓吾の暖かく大きな掌が、自分を包み込んでいく。

それは不思議な感覚だった。未知の行為に対する恐怖と、他人からもたらされるはじめての熱に、どうしようもなく身体がざわめき出す。

「千央…」

欲望を握り込まれたまま、耳に吹き込む様に名を呼ばれると、千央の身体は引きつったように震えた。はじめて知った他人の手は暖かく、それが啓吾の掌だと思っただけで、信じられないほど昂《たかぶ》らずにはいられない。

「はっ…あ……っ」

その太い指と大きな掌に何度も扱かれて、千央はあっという間に上り詰めた。怒りの延長線上にある行為とは思えぬほど、啓吾の愛撫《あいぶ》は柔らかく、穏やかだった。

はぁはぁと、全力疾走を終えたばかりのランナーのように荒い息をつなぐ千央の脇で、啓吾は手早くスーツを落とす。まだあどけなささえ残る頬を薄く染めて、どこか陶然《とうぜん》と潤《うる》んだ瞳は、啓吾の目にこの上なく扇情的に映っていた。

思考力を奪われた千央は、その細い四肢《しし》を投げ出したまま、再び覆《おお》い被さってきた啓吾の重みをソファの上で受け止める。

ギシリとたわむ音と、自分の身体をすっぽりと覆う大きな体躯《たいく》にギクリとなった。

見上げると、啓吾の整った鼻梁《びりょう》が間近に迫っていて、慌てたように目を瞑る。唇が重なる瞬間に頬を掠《かす》めた吐息は、なぜだか優しく感じられた。

深く舌を貪《むさぼ》られて、腕から抵抗の力が奪われていく。同時に隙間がないほど、強くその腕の中で抱き締められた。

力強さに身体が強張る。こんなことで流されてはならないと思ったが、はじめて触れた他人の素肌は、なんて熱いと知った。

「……怖いのか？」

……怖い？　なにが？　啓吾が？　それとも雷が？

問われて千央は、自分が啓吾の腕を縋《すが》るように掴んでいたことに気付き、慌てて手を離す。

部屋の外では、容赦なく降り出した雨と雷が呼応し合い、よりいっそう激しさを増しているようだった。まるで、啓吾の中の怒りを具現化したように。

「怖ければ、しがみついていろ」

低く囁かれた命令に、カッと頬に血が上る。

そんなつもりもなかったのに、いつの間にか啓吾のぬくもりを求めていた自分を恥じて、千央はぷいと顔を逸らした。

啓吾に縋りつけば安心だと、どこかで本能的に覚え込んでしまっているのかもしれない。

こんな屈辱を与えているのは啓吾自身のはずなのに、その腕を求めるなんて。

啓吾は自分を拒絶するかのように、横を向いてしまった千央に苦く目を細めた。

その身体は、まだ小刻みに震えている。

「強情だな…」

千央は決して、自分から啓吾を求めたりしないと分かっていたはずなのに、知っていながら、縋りついてきた腕に僅かな期待を抱いてしまった自分が、愚かしい。

更にこんな行為を強《し》いている状況を思えば、ますます二人の距離は遠くなるばかりだ。

分かっていても、あふれ始めた激情を抑えることができずに、啓吾は抱きよせた身体を荒々しく身体の下へと引き込んだ。

まるで激しく鳴り響く雷鳴から、千央の全てを覆い隠すように。

「千央…」

耳元で低く囁かれて、千央は静かに目を閉じた。

自分を力ずくで組み敷いているのは啓吾のはずなのに、その覆い被さっている身体の重みに、千央はどこかで安堵《あんど》している自分に気がついていた。

これまで人と深く接することなどなかった千央にとって、啓吾の大きなぬくもりは信じられないくらいの安らぎを与えてくれるのだ。

触れ合った素肌から、ドクドクと強い心音が伝わってくる気がする。こうしているだけで、あれほど怖かったはずの雷鳴すらも、どこか遠いもののような気がしていた。

ゆるやかに唇を貪られて、身体中から自然と力が抜けていく。

知らなかった。人の身体って熱いんだ…。

ふいに視界が歪んで、目の前の肩に縋りつきたい欲求を強く抑える。突然胸に走った衝動は、初めて同じベッドで眠った日に千央が啓吾の背中に感じたものと同じ気がした。

それはいつも一人で立ってると突っ張りながら、そのくせ誰かを渇望せずにいられなかった心の飢えを思い知るには十分すぎた。

自分はきっと本当は、こんな風に誰かに抱き締めてもらいたかったのだ。

そんな風に突然、力を抜いて身体を預け始めた千央をいぶかしむように、啓吾は唇を離した。赤く染まった目元を見つめると、睫《まつげ》が小刻みに震えているのが扇情的でたまらない気分にさせる。

千央の濡《ぬ》れた唇からほうっと吐かれた吐息が、啓吾には慣れからくる吐息のように思えて、一気に血が上るのを感じた。

こんな顔も、見せるのか。

決して誰にも屈服しないと思っていた千央だったが、こんな風に誰かの手によって快楽には飼い慣らされてきたのかもしれない。自分の、全く知らないところで。

そう思ったら止まらなかった。

抱き寄せていた腕を振り解くと、乱暴なくらいの力で身体を反転させ、腰を高く上げさせた。そして突然、荒々しさを取り戻した啓吾に驚く千央を無視して、指を最奥に這わす。

その時ビクリと強張った反応さえ、誰かに教え込まれた喜びの為にかと、込み上げる怒りで、啓吾は自分の目の前が真っ赤に染まった気がした。

ギリと、強く唇を噛む。

他の誰かに、触れさせたくはない。

突然湧き上がったその強い激情のまま、身体を引き裂いた。

「……っ…！」

折れそうなほどに細い腰が、衝撃の為に強張る。構わずに、強引にその身体を割り開いていく。

気遣ってやれる余裕など、とうにない。

声にならない悲鳴が、千央の口からほとばしり出た。それすら無視して先へと進む。まだ熟《う》れていない、未熟な身体にかかる衝撃は計り知れない。

千央は整わぬ息を必死に飲み込み、指の骨が浮き出るほどソファを握り締めながら、それを掻き毟《むし》るように手繰《たぐ》り寄せている。背は強張ったまま小刻みに震え、凍りついたように手足が冷えて、冷汗が滲《にじ》み出ていた。

細い身体は、声もなく戦慄《おのの》いている。

そこまできてようやく啓吾は、千央の状態が尋常でないことに気がついた。いきなり挿入された衝撃に耐えているとはいえ、この苦しみ方は普通じゃない。

繋がっているところが、ひどくキツイ。まるで力の抜き方を忘れたように、そこは啓吾をぎっちりと締め上げ、痛みすらもたらしていた。

あまりのキツさに指を這わすと、ぬるりとした感触が指を伝い落ちていく。

この姿は、どう見ても慣れている者のそれではない。

「お前……っ」

「い…っ、……や!」

チッと舌打ちして腰を引きかけると、途端に千央の身体はビクリと跳ねて強張った。切れて流血している部分は、ますます萎縮したように啓吾を締めつけてくる。

「力…を、力を抜くんだ」

耳元で低く囁いたが、千央は浅い呼吸を繰り返すばかりで、突っ伏したシーツから顔を上げようとしない。その肩が小刻みに震えているのは、声もなく泣いているからなのだろうか？

「千央…、力を抜け」

「やっ…、分かん…な……っ」

『できない』と首を振るばかりで、千央の身体は竦《すく》んでしまったまま動き出せない。

なんとか楽にしてやろうとするが、このままでは千央を傷つけるばかりだ。無理に引きぬけば、恐怖と苦痛に縮こまる千央の痛みを更に煽ることになってしまう。

しばらく背を撫でて、呼吸が整うのを待ってやる。それから完全に縮こまってしまった千央の欲望を煽るように、身体中をゆっくりと撫で擦った。

その背中や髪に唇を落としながら、脇腹や腿、首筋などを掌でなぞってやる。

「千央、千央…」

大丈夫だと言い聞かせるように、その耳元で何度も名を呼んだ。

しばらくそうして呼吸のタイミングを計ってやると、ようやく少しずつ強張りがとけていく。その機会を逃さずに、啓吾は萎《な》えてしまっていた千央の欲望に手を添えた。

「あ…」

ピクリと震えて、小さく呟きを漏らしたその耳に、優しく口付ける。そうしてゆっくりと掌に納めたそれをもみしだく。

さらに強弱をつけて緩やかに擦ってやると、すぐにそれは啓吾の手の中で熱を持ち始めた。

「や……」

小さな拒絶には、先ほどのような切羽詰まった叫びはない。それにホッと息を吐きながら、啓吾はその熱を煽るように指を使った。

すぐに千央の欲望からは、ぬめりが混じり始める。それと同時に痛いくらい締めつけていた入り口が解けてくるのを感じて、啓吾は千央をこれ以上傷つけないよう、慎重に確かめながら小刻みに身体を揺らした。

「あ…っ」

小さく上げた声が、甘さを滲ませたことにほっと息を吐く。

「ん…んっ……」

穏やかな波を作ってやると、千央は背を震わせた。手の中の欲望は、熱く脈を打っている。それを優しく扱いてやりながら、啓吾は千央が甘く声を漏らす部分を集中して攻めた。

「いや…や…、…しな…いで」

いやいやと首を振りながら、千央は己の中を行き来する塊に身悶《みもだ》える。その仕草は信じられないほど甘く、啓吾の目に映った。

「いや…っ、そんなっ、…しない…でっ、中…、ヤだ……っ」

身体の内と外から快感を感じ始めた若い身体は、嫌と言いながらも、もっとと求めるように腰をうねらす。傷の痛みを補うほどに、快楽を感じてくれているらしい。

もっと…もっと感じてくれればいいと、祈るような気持ちで千央を追いつめていく啓吾に応えるように、千央の身体は高められていく。

そうして最後は、小さな嬌声《きょうせい》と共に啓吾の手の中で欲望を吐き出した。

その姿に安堵の溜め息を漏らしながら、啓吾も千央の中で最後の時を迎えたのだった。


啓吾はぐったりと横たわった身体をソファから抱え上げると、ベッドへと静かに運んだ。そっと横たえるとバスルームから暖かい絞ったタオルを持ってきて、汚れた身体を丁寧に拭う。

千央は顔色をなくしたまま、目を開けるのも億劫《おっくう》そうにされるがままになっている。

「……はじめてだったのか」

それならそうと言えば…と言いかけて、そんなもの知ったところでなんになるのかと言葉を飲んだ。

売り言葉に買い言葉の末の行為だったとしても、暴力には変わりない。

自分は冷静さを欠いて、千央をこんな形で傷つけたのだ。その精一杯の虚勢にすら、気付かずに。

額に張りついた前髪が気になって、そうっと手を伸ばす。触れたら嫌がられるかと思ったが、啓吾の手に千央は心地よさそうな溜め息を吐いて目を瞑った。

「悪かった…」

静かに謝ると、千央は僅かに首を振ったようにも見えたが、やがてそのまま静かな寝息を零し始めた。疲労と安堵が出たのだろう。

部屋の外では、まだ雨が音を立てて降っている。それでもだんだんと遠のき始めた雷鳴は、眠りについた千央の耳まで届いていないようでほっとした。

横たわった身体は、細く、痛々しい。

傷つけるつもりはなかったと、今更そんなことを言い繕ったところでなんにもならない。身体中を満たしていく自責の念に、苦々しく啓吾は唇を噛み締める。

震えながら、それでも自分を罵ることさえしなかった、千央の小さく強固なプライド。それはこんな時でさえ、まるでダイヤのような輝きを放っていた。

決して自分から泣き言を言おうとしない、千央の潔い生き方がそこに凝縮されているかのように。

それに魅了されずにはいられなかった。

ずっと千央を閉じ込めていた『未成年』なんて理由は、体のいい言い訳にすぎない。

もう分かっている。自分は千央を手に入れたかったのだ。この美しい存在を。

こんな卑怯な手を使ってでも、傍に置いておきたかったのだ。離れていくなど許せなかった。ただ、傍にいて欲しかった。

たった一言、そう伝えられれば、それだけでよかったはずなのに。

千央に指摘されたように、いらない体面やプライドばかりを気にして、本当に欲しいものを欲しいと言えずにいた結果がこの有様だ。

本当に、なんて自分は自分勝手で愚かな人間なのか。

今度こそ、千央に毛嫌いされて当然だと頭では理解していながらも、それでも嫌われてしまいたくないと強く望んでいる自分の傲慢さに、啓吾は大きな溜め息を吐いた。


目覚めると、啓吾の姿が見当たらなかった。

身体を起こすと鈍痛を感じたが、歩けないほどではない。あれからずっと眠っていたらしく、いつの間にかもう夜の八時を回っている。

あの時、激しく響いていた雷鳴はもう聞こえない。叩きつけるような雨も、今はしとしとと優しい音を繰り返しているだけだ。

リビングも、寝室も、風呂場《ふろば》まで覗いたが、啓吾の姿はどこにもない。どこかへ出かけたのかと思ったら、千央は一人取り残された空間に寂しさを覚えた。

昼寝をして目覚めた時に、母の姿がなくて探す子供のようだと自嘲する。それでも啓吾の姿がないことが、今はひどく心許《こころもと》ない。

千央は啓吾の姿を探しながら、彼から受けた行為についてあまり怒りが湧いてこないことを、不思議な気持ちで受け止めていた。確かに驚きはあったし、怖くなかったとは言いきれないが、それでもなぜかとても落ちついた気分でいる。

挑発的になった自分にも非があることは分かっていたし、抱き締められた啓吾の腕が暖かかったことや、優しく名を呼ばれたのが、千央の心を慰めてくれていたのかもしれない。

それよりも今は啓吾がここにいないということの方が、ひどく寂しい。

「マル、おいで…」

ソファに蹲《うずくま》っていた猫を抱き上げると、ざらついた舌で頬を舐《な》められた。

その熱さに少しだけ空虚感が和らいだ気もしたが、それでもなにかが欠けているような、そんな感覚は拭えない。

千央はマルと同じようにソファへと腰を下ろして丸まりながら、やがて聞こえてくるだろう待ち人の足音に耳を澄ませた。


玄関先でした物音に、千央は慌てて顔を上げた。啓吾が帰ってきたのかと確認もせずに扉を開けると、そこには見慣れない美人が立っていた。

「あら、千央君？」

……誰？

どうやらその美人は、千央のことを知っているらしい。彫りの深い綺麗な顔立ちに見憶えはなくて、戸惑う千央を見透かしたように、その美人は小さく笑った。

「響子さんのお式の時に一度会ってるんだけど、覚えていないかしらね？」

言いながらその女性は、自分から結城《ゆうき》美咲《みさき》と名乗った。

「啓吾は？　いるかしら？」

千央こそ待っていたはずの男の名を呼ばれて、心臓がドキンと脈打つのを感じる。彼女が親しく呼び慣れた風にその名を呼んだことにも、ひどくショックを覚えた。

「あ、多分…仕事、だと思う…んです…けど」

「こんな時間まで仕事してるの？　全く、あの仕事の鬼は仕方ないわね。千央君がきてくれて少しは変わったって聞いたのに」

優雅な仕草で溜め息を吐く美咲の姿は、それだけで十分絵になる。自分はこの人の存在すらよく知らなかったというのに、美咲と啓吾の間では千央の話題が交わされているらしいと知って、ますます暗い気分になった。

「じゃあ悪いけど、これ渡しといてくれる？」

白い紙袋を差し出されて、千央の身体は再びビクンと強張った。

見慣れたそれが、いつも啓吾が会社帰りに持ってきてくれたのと同じものだと気付いたからだ。

千央が食事を作るようになってからは、啓吾がそれを持ち帰ってくることはなかったので、てっきりハウスキーパーの人に、食事のサービスを断ったのだとばかり思って、気にもしていなかったのだけれど。

どうやらこれまでの食事も、ハウスキーパーなどではなく、その女性が差し入れていたらしいと知って千央は言葉を失った。

「千央君？」

「あ、はい…」

茫然としたままノロノロと手を出した千央は、差し出された袋を機械的に受け取る。たいして重くないはずの袋が、手の中でズシリと重たく感じられた。

「でも、啓吾がいなくてちょうどよかったかもしれないわ。千央君がきて以来、啓吾ったら出し惜しみしてくれちゃって、なかなか会わせてくれようとしないんだから。ま、こんな可愛いならしまっておきたい気持ちも分からなくはないけど」

無邪気に笑う美咲に、千央はいたたまれない気分になる。別に啓吾にはそんな意図などなかったはずだ。これまでは自分といがみ合っていたから、ここへは他人を呼びにくかったのだろうと察しがついた。

現在この家で食事を作っているのが千央だということを、どうやら美咲は知らないらしく、突然差し入れを断られた経緯については外食に切り替えたと思っているようだ。

帰り際、美咲に『外食ばかりするのは身体によくないって伝えてちょうだい』と伝言を頼まれても、千央にはただ頷くことしかできなかった。

まさか自分が作り始めたせいで、差し入れを断っていたなどと知らされたら、いい気はしないだろう。

受け取った紙袋を開けることも、かといって放っておくこともできなくて、途方にくれたように千央はテーブルの上に置いた袋をじっと眺めていた。

今更、中を空けて確認するまでもない。あの袋の中は色取りまで気を配られた、繊細で優雅な食事が並べられているはずだ。きっと啓吾好みの。

千央自身、それなりに料理は作れると自負していたし、だからこそ養ってもらう代わりに家事一切を引き受けたつもりでいた。

けれどもこうしてみると、そんなのはただの思いあがりだったのかもしれないと気が付いた。自分のような力のない子供が、全てを兼ね備えている啓吾の為に、なにか一つでもしてやれることがあると信じていたなんて。

あの人がいたのに。啓吾には、ずっとあの人が。

啓吾はいつも千央の料理を『美味《うま》い』と言って残さずに食べてくれたが、そのお世辞を鵜呑《うの》みにし、有頂天になっていた自分がひどく惨めで、千央は蹲ったソファの上で身体を小さく縮こまらせた。

どれくらいそうしていただろう。

千央は突然背後から肩を叩かれて、ビクリと飛びのいた。

「すみません、驚かせちゃいましたか？　もうおやすみかと思って、合鍵を使わせていただきました」

「まつ…もとさん」

振り返ると、いつもどおり人のよさそうな笑みを浮かべた松本が、包み紙を片手に立っている。

「具合がよろしくないとお聞きしましたけど、寝ていなくて平気なんですか？」

いつの間にか頬を伝っていたらしい涙に気付いて、慌てて手の甲で顔を拭う。そんな千央を、松本は優しくソファへと促した。

「今、なにか温かいものをお淹《い》れしますね」

そう言って席を立つと、キッチンへと向かう。しばらくして戻ってきた松本は、香りのよい紅茶の入ったカップを千央の手に握らせた。

「あの……」

「副社長はちょっとトラブルがありまして、まだ会社にいらっしゃいますから」

いい淀む千央に、松本はテーブルを整えながら察しよく答えてくれる。千央はそれ以上、自分から聞くことはできずに押し黙った。

「副社長と、ケンカでもされたんですか？」

余計なお世話かもしれませんけど…と言いながらも、気遣ってくれる松本の優しさに、千央は小さく首を振る。そんな様子を見かねて、松本は宥めるように言葉をかけた。

「千央さんに、いいことを教えましょうか？　これは…私がバラしたって言わないで欲しいんですけど」

そう前置きしてから語り始めた松本の言葉は、千央の予期しないものだった。

「千央さんにテニスをすすめてくれと言われたのは、実は副社長なんですよ」

突然なんの話かと顔を上げた千央の前で、松本は優しげに目を細めた。

「千央さんにしてみれば余計なお世話かもしれませんが、海東家に関わることは嫌でも副社長の耳に入る仕組みになっているんです。そうしないと海東家は大きい分、敵も多すぎるので。ですから響子さんのことも、私や副社長は結婚前から知っていました。もちろん千央さんのこともね」

松本はすまなそうに眉を顰めたが、言われている言葉の意味はなんとなく分かった。松本の言う通り、それしか選択方法はなかったのだろう。

「響子さんが早くにご両親を亡くされて苦労されてきたことも知ってましたし、千央さんが高校に入ってバイトを始められたことも知っていました。中学ではテニスでいい成績を残していらしたのに、生活の為にそれを趣味程度に抑えられたことを、誰よりも副社長自身が惜しまれましてね…」

だからこそ『未成年はバイトなんかするな』とうるさく騒いでいたのだと、松本は教えてくれた。

そんなことはもちろん、千央にとっては寝耳に水の話だ。

ただそれを啓吾の口からすすめても、意固地になっていた千央は多分素直に聞き入れないだろうからと、松本が口添えを頼まれていたらしい。

「なんで…そういうこと黙って…」

あまりの話に茫然とする千央に、松本は面白そうに口端を歪めた。

「あの方はああいう性格ですし、もともと素直じゃありませんので。なにをしても千央さんを怒らせてばかりでしたしね。まぁ、端から見ていれば、副社長が千央さんと親しくなろうと必死になればなるほど、らしくなくて笑えましたけど」

それが本当に部下のセリフか？　と胡乱《うろん》げに見上げる千央に、松本はニッコリ笑った。

「これぐらい許されるでしょう。人に仕事を押しつけて、自分は毎日美味しい手料理を食べに帰ってらしたんですから」

それにもまた首を傾げる千央に、松本は洗いざらい話してくれた。

「千央さんがいらっしゃる前は、副社長は仕事の鬼で、忙しいときはこのマンションにすら立ち寄らなかったんですよ。たまに着替えを取りに帰る程度で、ほとんど会社かホテルに缶詰めでしてね。それが突然、毎晩八時には家に帰るようにすると言い出すじゃないですか。どうしたのかと思えば、『夕食があるから』なんて、しゃあしゃあと言うんです。お蔭でそれ以降の仕事が全部、有能な部下に回ってくる羽目になりましてね」

その有能な部下とは、言わなくても松本自身のことなのだろう。大げさな溜め息を吐いて、松本はさも辛かったというように肩を落とした。

その話もはじめて聞いた。確かに啓吾はいつも八時までにはマンションへと戻ってきており、千央と共に食事をとっていたが、あれが全部千央の為だったなんて。

一人で食べる夕食の味気なさは、千央が一番知っている。それを啓吾は気遣ってくれていたのだろう。いつも自分の気付かないところで、啓吾は千央を見ていてくれたのだ。

ケンカばかりしていたのに。

「きっと、千央さんをここに一人で置いておきたくなかったんでしょうね」

松本が呟いた言葉は、切なく千央の心に染みとおった。

ポトリ、ポトリとカップの中に落ちていく涙を誤魔化すように、俯《うつむ》く千央の背を松本の手がそっと撫でてくれたが、それは啓吾の暖かな掌を連想させて、尚更胸を切なくさせた。

千央が落ちついたところを見計らって、松本は穏やかに笑って立ち上がった。そのタイミングのよさといい、松本の気配りは完璧で、秘書としての有能さが窺《うかが》える。

「千央さん、お腹《なか》がすいているでしょう？　今準備しますね」

そうしてどこかの料理店で用意してもらったらしい折り詰めを持って、再びキッチンへ向かう。松本はそれらを皿に移して温めてから、リビングへと戻ってきた。

「具合が悪いとお聞きしたので差し入れを持ってきたんですけど、一足遅かったみたいですね。美咲さんがいらしたんですか？」

テーブルには松本が持ってきてくれたらしい和食と、美咲が差し入れてくれた洋食が混ぜて並べられていたが、綺麗に盛りつけられた皿を見て、千央は再び暗くなる気持ちを隠せなかった。

松本でさえ、料理を見ただけで美咲がきたと分かるほど、この家の中で彼女の存在は自然に受け入れられているのかと思うと、ひどく沈鬱な気分になる。

啓吾は、美咲にはなんでも話すのだろうか？　自分には話さないようなことまでも。

「美咲さんてさ、はじめて会ったんだけど……とっても綺麗な人、だよね」

すすめられるまま箸《はし》をつけながらも、つい探りを入れてしまう。そんな千央に松本はお茶を淹れながら、笑って返事を返してくれた。

「ああ、そうですね。美咲さまのお母上もかなりお綺麗な方ですよ」

「ふーん。……美人だし、料理も上手だし。すごいよね…」

啓吾と十分につり合う女性なんて、そうそういないだろう。

どういう知り合いなのかが一番気になっているくせに、千央はそれ以上を聞き出すことができずに黙り込む。松本はそれだけで察してくれたのか、取引先のお嬢さんなのだと教えてくれた。

「でもそれだけでこんな風に、料理まで差し入れしてくれる人なんてさ。普通なかなかいないよ？もしかして、本当は…あの堅物が目当てだったりなんかして…」

こんな卑屈なことを言いたいわけではない。けれどもその不安を誤魔化す為には、茶化さずにはいられなかった。

「そうですねぇ…。たしかに結城産業は、その財力からいっても魅力的ですし、美咲さんは若くてやり手でいらっしゃる。海東グループとしては、是非とも親戚付き合いをしていきたい相手ではありますよね」

冷やかしの言葉を松本が否定してくれるのをどこかで期待していた千央は、反対にあっさりと頷かれて、ひやりと背筋が凍るのを感じた。

松本は啓吾についてはなんでも知っている。その松本が『親戚付き合い』という言葉を使って美咲を認めたことが、千央にはひどくこたえた。

「でも…、それだけで付き合ったりするかな？　あの石頭が」

先ほどとは裏腹なことを言っていると気付いたが、聞かずにはいられない。千央は震えそうになる掌を、胸の前でぎゅっと強く握り締めた。

「そうですね。ただ、副社長は会社のことばかり考えて、走りすぎる面がありますから。千央さんがいらっしゃる前は、特にそうでした。何万人という社員とその家族を抱えて生きていかなければならない立場上、そうならざるをえないことも分かりますけどねぇ」

松本の言葉が、重く千央にのしかかる。海東グループを支えるということは、つまりそういうことなのだ。

「それにやはり結城産業とは親しく付き合っていきたいという意思が、会社の上層部にもありますでしょうし…」

どこかで、キーンという耳鳴りがする。

あまりに強く響くそれに、千央は眩暈《めまい》すら感じた。

「それって……つまり、アイツが美咲さんと、結婚するってこと？」

喉《のど》の奥に、なにかが貼りついた様にうまく声が出てこない。なのに、尋ねることを止《や》められない。

「さぁ。私の口からはなんとも…」

松本は言葉尻《ことばじり》を濁したが、それは否定には聞こえなかった。

突然、足元がポカリと開いた気がした。これまで千央は啓吾のもとを逃げ出そうと何度も試みたことがあったが、まさか啓吾の方から離れていく未来を予想したことはなかったのだ。

いつか啓吾が、自分以外の誰かと暮らす日が来る。そうしたらもう、ここに自分の居場所などあるはずもない。

その事実は、千央にひどく衝撃を与えた。

突然、青褪《あおざ》めた顔で黙り込んでしまった千央に、松本が気遣うように声をかけてくる。それすらもどこか遠いもののような気がしてしまう。

「千央さん…、千央さん？」

嫌だと、それだけを強く思う。胸の奥が詰まるような息苦しさを覚えた。

離れたくない。ここから、遠くへ行きたくないんだ。

「千央」

そのとき、強く腕を引かれて、ハッと我に返る。今ここにいるはずのない人の声に気付いて、千央は驚いたように顔を上げた。

「……ど…して？」

見間違うはずもない、端正な美しい男の顔が目の前にある。外から帰ってきたばかりらしく、仕立てのいい啓吾のスーツは肩のあたりが雨で濡れていた。

「顔色が悪い。早く寝かせるようにと言っておいたはずだろうっ」

松本に向かって叱責《しっせき》を飛ばす啓吾に、千央は目を丸くする。どんな時も声を荒らげたりしない啓吾を知っているだけに、驚きは隠せない。

「千央は大きな音もダメなんだ。お前がついていながらなにをしている」

「申し訳ありません」

容赦のない言葉に、松本は一言も弁解もせず腰を折る。脇で見ていた千央の方が、それに戸惑いを隠せなかった。

「なんで、そんなに怒んの？」

松本は落ち込んだ千央を慰めようとしてくれていただけだ。それを怒るのは筋違いだと言おうとした時、窓の外でドンと低く響いた音に千央は声を飲み込んだ。

遅れて、バリバリと空気を引き裂く轟音が鼓膜を刺激する。話に夢中で気付いていなかったが、いつの間にか外ではまた激しい雷雲が近づいてきているらしい。

「音が響いて嫌なら、寝室へ行きなさい。そっちの方が防音がいい。私はリビングで寝るから、マルと一緒に寝室で眠るといい」

それを聞いて、千央は啓吾が何を危惧していたのかを悟った。

「違う…、違うってば。松本さんは悪くないよ」

顔色が悪かったのは、雷が怖かったからじゃない。外でまた雷が鳴り始めているなんて、啓吾に言われるまで知りもしなかった。

そうしてやっと、千央は啓吾が今ここにいるわけに気がついた。今日の昼間も、なぜあんな時間に啓吾が家へと戻っていたのか不思議だったのだけれども、その理由も同時に分かってしまった。

啓吾は気遣ってくれていたのだ。

きっと夕立がくることを知って、仕事の途中に抜け出してきてくれたのだろう。一人、家で待つ千央のために。

怖がらせたくないと、それだけを思って。

そう思ったら、知らずに熱いものが頬を伝っていった。

「千央…？」

突然泣き出してしまった千央に、啓吾が困惑げな顔をする。困らせていると分かっていたが、一度溢れ出した涙はもう止まらなかった。

本当に、この人はどうして。

なぜ気付かなかったんだろう。いつも、こんなに大切に想われていて。

優しいくせに不器用で、感情の伝え方を知らない啓吾。千央もはじめはなんて傍若無人で、傲岸不遜な男なのかと思っていた。

知れば知るほどに、それが啓吾の優しい内面を隠す鎧《よろい》になっていただけなのだと分かる。啓吾の本質は、こんなにも穏やかで暖かい。

「千央…?」

「違う…違うよ」

怖いから泣いてるんじゃないんだと、そう伝えたいのにうまく言葉が出てこない。

飛び出す度に、引き止めてくれた腕。一緒に眠った背の暖かさ。それら全てが嬉しかった。

その不器用なまでの優しさに、自分はこれまでどんなに救われていたことだろう。

「怖いですから、無表情のままでオロオロしないで下さい。だからあなたは鉄面皮なんて言われるんです。こういう時こそ、優しく慰めてあげなくてどうするんですか」

しっかりしなさいと松本に諭されて、啓吾は嫌そうに顔を顰めながらも、千央の肩へ腕を回して抱き寄せる。

「邪魔ものは消えますから、ごゆっくり」

きちんとそれを見届けてから、有能な秘書はニッコリ笑ってマンションをあとにした。

啓吾は泣き止むまでずっと、千央の背を撫でていてくれた。そうしてようやく千央が落ちついたのを見てから、猫と一緒に寝室のベッドへと促すと、再び自分は出て行こうとする背中を呼び止めた。

「ここで寝ないの？」

切れ長で整った目元が、僅かに歪められる。以前ならば不機嫌なのだろうかと疑った顔だったが、今はそうじゃないと分かる。

あんな接触があったあとでは、うまい言葉が見つからないでいるのだろう。

「……お前が嫌だろう？」

「別に嫌じゃないよ。それにここ、もともとアンタの部屋じゃん」

穏やかに笑ってみせた千央に、啓吾がまぶしげに目を細めた。

「いいからそこで寝なさい。もう遅い」

それだけ言うと部屋を出ていこうとする背中を追って、千央は強く抱きついた。

「……ちひ…ろ？」

突然しがみついてきた千央に、啓吾の身体が強張ったのが伝わってくる。

どうやら千央から抱きついてくるなんてあるわけがないと、信じられない思いで固まっているらしい背中に、千央は頬を摺り寄せた。

話をするなら、このままの方がいい。

顔を見てしまったら、また自分はきっと意地を張ってしまうから。

「結婚…すんの？」

しがみついた手はそのままに、千央はどうしても気になっていた言葉を口にした。

「なに……？」

突然言われた意味がよく分からなかったらしく、振り向こうとした啓吾を押し留めて、千央は必死に掠れる声を押し出した。

「美咲さんと…結婚、すんの？」

そしたら自分はまた、帰る場所をなくしてしまう。

誰もいない家。電気のついていない、寂しい空間。けれども寂しいなんて、口に出して言えるはずもなかった。

一人でもいいなんて、そんなのは嘘だ。こんな風に誰かと一緒に笑い合って生活することに慣れてしまって、またいつか一人きりになってしまうのが怖かった。

それが嫌だったから、あえて一人で生活することを選んだのだ。それを強引に否定して、日のあたる心地よい場所へと連れ出したのは、他ならぬ啓吾自身なのに。

今更、それを手放せというのだろうか？　こんな暖かくて、居心地のいい場所を。

「千央…？」

背中越しに戸惑いをこめて呼ばれる名。低く、掠れたようなそれがいつも耳に心地よかった。

その声で名を呼ばれることが嬉しかった。自分の存在を、誰かに認めてもらえたようで。

いや、誰かではない。啓吾に、だ。

一人になりたくない自分を認めるのが怖くて、姉には言い出せなかった一言を、千央は今なら言える気がした。

今伝えないと、この人はどこかへ行ってしまう。そんなのは嫌だ。

「…やだ」

小さく、か細い声だった。それでも十分に啓吾の耳へと届いたようで、抱き締めた暖かな身体がピクリと反応する。それを感じながら、千央は観念したように目を閉じた。

「結婚しないでよ…」

誰かのものにならないで。

この人を手放したくないんだ。

「千…央？」

世話になりたくないからできるだけのことはすると、理由をつけてまで家事をしていたのは、千央が啓吾になにかしてあげたかったからだ。

一緒に食卓を囲むのが、楽しかった。自分でもなにかしてやれることがあることが誇らしかった。ただ喜んでもらいたかった。それだけだった。

できるならマルのように、啓吾の側にいるだけで心地よい存在になりたかった。

分かっていたんだ、本当は。

ずっと、喉から手が出るほど欲しかった。

朝起きて『おはよう』と言える相手が。夜、誰かの気配を感じて安らかに眠りにつける場所が。それを認めたくなくて、いつも意地を張ってばかりだったけれど。

何も言わずに傍にいてくれた暖かい背中。飛び出していこうとするたび強く引き止めてくれた腕。その全てが、泣けるくらい嬉しかった。

美咲がここへ現れた時、それが壊れてしまうような気がしたのだ。このマンションの中で、異質なのは自分の方なのだと突きつけられたようで、怖かった。

これまで誰かの特別になりたいなんて、そんなこと思わずに生きてきたけれど。一度気付いてしまったら、もうこの寂寥《せきりょう》感をなかったことにはできない。

姉ではなく、友でもなく、啓吾に傍にいて欲しい。

「やだよ…っ」

「千央…」

しがみつく腕が震えているのは、自分でも分かった。これほどまで何かを本気で願ったことはない。

他の誰かのものになんかならないで。

お願い。お願いだから。死ぬ気で願うから。

ただの我が侭だってことは分かってる。子供の言い分だってことも。

啓吾は自分のものじゃない。それでも、願わずにいられないんだと、祈るような気持ちをこめて、千央は小さく、強く懇願した。

「誰かのものになんかっ、…ならないでよっ」

お願い。お願いだから、誰かこの人を俺にください。

「千央…」

小さく呼ぶ声に応えるように、千央の腕が啓吾へ強く絡みつく。その細い手の震えは、千央の真摯《しんし》な想いを表すかのように、啓吾へとまっすぐに伝わってきた。

震えるほど願ってくれる、千央の本気が啓吾の胸を熱くする。

そうして啓吾は、いつもプライドが邪魔して本当のことすら言えない臆病な自分に代わり、結局はまた、千央の方から歩み寄ってきてくれたことを知ったのだった。

こんな時まで千央はなんて潔い。あるがままを受け入れる素直さがとても愛おしかった。

求めてくれる腕。それに応えたい。

啓吾だって願っていたのだ。ずっと傍にいて欲しいと。

「結婚などしない。誰かのものにもなる気もない」

ゆっくりと、背後の存在へ言い聞かせるように啓吾は語った。そうして白くなるほど強くしがみついてくる指に、そっと自分のそれを絡ませる。

ピクリと細い指が震えたが、もう手放す気はなかった。

『誰かのものにならないでくれ』なんて、お願いしたいのはこちらの方だ。

服から引き離した指を絡めとって、背後から千央を胸元へと移動させる。そうして今にも泣き出しそうな千央を、緩やかに抱き締めた。

今度こそ、傷つけないようにと祈りながら、頬に優しく口付ける。

手に入らないと落ち込んでいた分だけ、腕の中に飛び込んできてくれた眩《まぶ》しい存在に、眩暈を覚えずにはいられなかった。

額と、耳元と、唇に、驚かせないようにとついばむような口付けを繰り返しながら、啓吾は千央の全てを手に入れた。

「でも…お前のものにならなってもいい」

囁くように呟かれたどこまでも啓吾らしい返事に、思わず千央は笑ってしまう。

それでも不器用な男がくれた精一杯の優しさに、千央は何度も頷きながら、暖かな胸に頬を埋《うず》めた。

綺麗な雫《しずく》がその胸元を濡らしたが、啓吾は何も言わずにそっと抱き締めていた。

朝の光が、カーテン越しに差し込んでくる。だんだんと明るくなっていく部屋のベッドに潜り込みながら、二人は長い間、話をしていた。

相変わらず啓吾の言葉は少なかったが、それでも気持ちは十分に伝わってくる。

「そう言えば、どうして急に結婚の話なんかが出てきたんだ？」

「だっ…だって、松本さんが……」

随分と恥ずかしいことを口走ったなと、いまさらながら赤くなる千央に、啓吾は優しく問い返した。

「松本がどうした？」

「結城産業のお嬢さんなら、海東家の結婚相手に申し分ないからって…、親戚付き合いをアンタも考えてるだろうしって…」

促されてたどたどしく返された言葉に、啓吾はその秀麗な眉を顰めてみせた。

「確かに結城産業は、これからも親戚付き合いをしていきたいと思っているし、結婚相手にも申し分ないだろうけどな。あれは姉だぞ。姉弟で結婚できるか」

あ、あ……姉？

囁かれた言葉に自分の耳を思わず疑い、千央は目の前の男をポカンと見上げた。

つまり省吾の別れた前の奥さんというのが、結城産業代表取締役の結城紗枝子《さえこ》氏になるらしい。紗枝子と省吾の間にできた子供が、美咲と啓吾にあたるのだ。

二人が別れた時にお互い跡取りとして子供を引き取り合い、今の形に落ちついたのが、夫婦としてはうまくいかなかった省吾と紗枝子も、仕事仲間としてはうまが合うらしく、その後も互いに協力し合って事業を拡大してきたというわけだ。

そういうわけで、親戚付き合いを望むもなにも、本当の親戚なのである。

そこまで聞いてやっと、千央は自分が松本に担がれたのだと悟った。

「あ……の、クソオヤジーっっ！」

なにが『私の口からはなんとも…』だっ！

知っていながら、わざと誤解させるような口ぶりで千央に危機感を抱かせたことになる。

結局それがもとで、千央はこうして啓吾の腕の中にいることになったのだから、その狙《ねら》いは外れていなかったことになるが、人の気持ちまで勝手に操作されたとあってはたまらない。

どうせ松本にはとっくに啓吾の気持ちも、千央の気持ちもお見通しだったのだろうが、察しがいいのにもほどがある。

ニコニコ顔の下で、なにを画策しているか分からない。正体を掴ませない分、はっきりいえば啓吾よりもタチが悪い。どうりで天下の海東グループの第一秘書などをやっていられるはずである。

恥ずかしさと騙されたことに対して憤《いきどお》る千央を、啓吾は面白そうに見つめていた。

最近では、顔に感情が現れにくい分、瞳とか、眉とかほんの少しの変化でも千央も啓吾の気持ちが分かるようになってきている。今は上機嫌といったところだろうが、人の気持ちも知らないで笑っていられるのは気に入らない。

「…なんだよ、アンタだけ妙に機嫌のよさそうな顔をしちゃってさ」

千央がムッとした顔で見上げると、啓吾は途端に口端を引き締めた。

本気で怒っているわけではないのだか、珍しく慌てたような啓吾が面白くて、千央はそのまま機嫌の悪いフリを続ける。

「千央……」

二人の間に当然のような顔をして潜り込んでいるマルの背を撫でながら、千央がチラリと視線を上げると、啓吾は弱りきったような顔をしていた。

「そんなつもりはないんだが…まいったな…」

真剣に悩む啓吾がおかしくて、千央は小さく噴き出すと、声をあげて笑ってしまった。いつもの傲慢さは感じられず、本気で千央の様子を窺う啓吾が愛しくて仕方なかった。

海東グループの副社長が、こんな子供相手にご機嫌取りをしていると知ったら、社員のほとんどが目を剝《む》いて驚くに違いない。

しばらくは憮然《ぶぜん》とした顔で千央を見つめていた啓吾も、いつまでも笑いやまない千央に対して、おしおきだと言うように身体の上に圧し掛かってきた。

「こいつ…」

「ぎゃーっっ！　ストップ！　ストップってばっ」

確かに気持ちは通じ合って、触れることにも、抱き締められることにも抵抗はないのだが、さすがにいきなりこれは難しい。

それに昨日、ソファでされたあれやこれやを思い出せば、怖くないとは言いきれないのだ。

半分冗談、半分本気で抵抗すると、千央の上で思いがけず真剣な瞳をしている啓吾と目が合ってしまった。

……そんな目をするのは、ズルイ。

きっと千央以上に、啓吾は昨日のことを気にしているのだろう。千央が本気で嫌がれば、すぐにでも啓吾は退《ど》いてくれる気なのだ。

それが分かったら、尚更胸が苦しくなった。

「……千央？」

おずおずとしながらも、千央は自分の上にいる男の首に腕を回す。

千央からの精一杯の譲歩が、啓吾には十分に伝わったのだろう。頭の上で密かに笑いの零れる気配がした。

顎を持ち上げられ、ゆっくりと啓吾の唇が近づいてくる。受け入れる心の準備をしながら、千央はその前に、と慌てて言い募った。

「あー、でも痛いのはナシ！　最後まではナシだからね？」

「千央…」

嫌がられたらすぐさま退く決意はしていても、こういう場面で不満な声が漏れてしまうのは、男として仕方のないことなのだろう。

そうした気持ちも分からなくはなかったが、千央だけが変化を受け入れなければならないのは、やっぱり納得がいかないのだ。

「だっ…だって、まだ怖いしさ……」

頬を染めながら小さい声で呟くと、啓吾はクラリと眩暈を覚えたように項垂《うなだ》れた。

「やっぱ、ねぇ?」

二人分のベッドの軋みに目を開けたマルが、めんどうくさそうに小さく鳴いて相槌《あいづち》をうってくれる。

それに励まされるように見上げると、啓吾は大きな溜め息を吐きながら、譲歩案を提示してくれた。

「……分かったから、キスだけでもさせてくれ」

千央はそれに確信犯の笑みを浮かべて、不器用な男のキスを受け入れた。

晴れた朝も、嵐の夜も。
act.2

「ちょ…ちょっと……、ね…」

カーテンの隙間《すきま》から漏《も》れる淡い光の下、千央《ちひろ》は自分の上にどっしりと圧《の》しかかっている大きな身体から逃れるように、小さく身じろいだ。

「なんだ？」

「……ん、ちょっと待って」

朝からするにはかなり濃厚な気がするキスに、慌ててストップをかけても、啓吾《けいご》は気にした風もなく、相変わらず腰に響くような声で千央の耳元をくすぐっていく。それに身体の中心からとろりと溶かされそうになって、思わず首を竦《すく》めた千央を更に追い詰めるかのように、大きな手のひらがきわどい場所をツツーとなぞり上げていった。

「千央」

「あ…」

小さく声を漏らして身悶《みもだ》えると、咽喉《のど》の奥で低く笑われる。耳元で優しく名を呼ばれるだけで、ざわりと皮膚が粟立《あわだ》ったこともきっと知られてしまっているのだろう。

いつも乱れなく落ちついた大人の雰囲気をまとっている男が、こういう場面でだけ垣間《かいま》見せる、掠《かす》れたようなそれが妙に色っぽい。そういうのにひどく千央が弱いのを知っていて、わざと仕掛けてくる啓吾の余裕ある態度に、悔しいけれども丸め込まれてしまうことも多いのだ。

しかし、先ほどから声があがるようなところばかりを優しく触れていた指先が、そのままどこに向かっているのかを敏感に感じとった千央は、入り口を探るようなその動きに、思わずビクリと身体を震わせた。

「……ヤだ。そっちは…ヤだって、いつも…」

さすがにこれ以上流されるのはまずいと、千央は自分の目の前にある硬《かた》い胸板を押しのけようとしたが、それくらいでは一回り近く差のある体格はビクともしない。それどころか反対に、震える手を頭の上で軽くまとめ上げられてしまった。

「平気だから。お前はただ安心して、任せていればいい」

「任せてって……、でも…っ」

逃げ腰になる身体を許さず、啓吾は優しく言い聞かせるような声でそう告げると、キスを更に深いものにして反論さえ飲み込ませてしまう。

「千央……」

「………ずる…っ」

卑怯じゃんか、こんなの。

体格も、力も、経験だって差があるのは歴然としているはずなのに、こういうときの啓吾は決して手加減してくれない。千央がその声で名を呼ばれることも、強くて優しいキスに弱いことも知っていて、その上でわざと繰り返すのだ。

このままじゃ、まずい。

早く止めなくちゃいけないと分かっているのに、角度を変えて深く口付けられては、制止の声も出せなくなる。そうこうしているうちに、先ほどからきわどい場所で皮膚の薄い部分をなぞっていた指先が、ぬるりとなにかで濡《ぬ》らされたのが分かった。

「あ……やっ！」

あの硬くて、無骨な指が。

「千央」

啓吾の指先が、自分の中へと深く入ってきてしまう。

「大丈夫だから、ゆっくり息を吐いていろ…」

「…………っっ！」

耳元に息を吹き込まれ、それに首を竦めた瞬間、明確な目的を持った指先がぐっと深く入り込んでくる。そのあたりが我慢の限界だった千央は、気付けば自分の上に圧しかかっていた身体を、膝《ひざ》で思いきり蹴《け》り上げていた。

「だからヤだって言ってんだろ！　朝っぱらから、へんなとこに指入れてんじゃねぇよっ、エロジジイ！」

そのまま慌てて啓吾の身体の下から、這《は》い出すようにベッドを降りる。しかし暴言を吐いて逃げ出したにもかかわらず、珍しく啓吾が簡単に手を離してくれたことに違和感を覚えて、その場でちらりと後ろを振り返った千央は、ベッドに突っ伏したまま動けずにいる男の姿をそこに見付けて、うっと小さく声を詰まらせた。

シーツの上で前かがみになったまま、声もなく全身を強張《こわば》らせている啓吾の様子から察するに、どうやら先ほど蹴り上げた自分の膝が、かなりまずいところへ思いきり入ってしまったらしい。

「あ、あれ？　別に狙《ねら》ったわけじゃなかったんだけど、なんか、まずいところにあたっちゃった……の、かな？」

「……………、あたっちゃった…じゃない……」

恐る恐る声をかけると、うめくように返されてきた低い声に、啓吾の衝撃の深さが窺える。それに思わず『アハハ』と乾いた笑みを浮かべながら、千央はぽりぽりと指先で頬《ほほ》を掻《か》いた。

「啓吾…さん？　あの、大丈夫？」

元はといえばこっちが『嫌だ』と言っているのに、うまく言いくるめて無理強いをしようとした啓吾が悪いのだし、同情の余地など持たなくてもいいのだろうが、同じ男としてその辛さは悲しいほどよく分かる。しかも先ほど薄いパジャマの布越しに感じられたそこが、かなりの熱を持っていたのまで思い出してしまい、その痛みを想像するだけで思わず合掌《がっしょう》したくなってきた。しかしそれも一瞬だけの話だった。

「お前は全く……、自分の男を使いものにさせなくするつもりか」

「じ、自分の男って、なんだよ。それ…っ！」

苦虫を噛《か》み潰《つぶ》したような顔をした啓吾が、ベッドの上でゆっくりと身を起こしながら、ぼそりと呟いた言葉にかーっと耳まで赤くなる。

現実として、千央が自分の気持ちを告白し、それを啓吾が受け入れた形で付き合い始めたのだから、その表現も確かに間違ってはいないのだが、いまだその実感も湧《わ》いていないというのに、張本人に面と向かって改めて指摘されると、なんだか思いきり照れずにはいられない。

「違うのか？　お前が言い出したんだろう？」

「それ…は……、その…」

平然と問い返され、返す言葉を失う。

そりゃ確かに『他の人のものにならないで』と頼み込んだのは、自分の方なのだけれど。だからといって、無愛想で傲慢《ごうまん》にも見えるけれど本当はひどく優しいこの男が、自分のものになってくれているなんて、いまだ確信が持てずにいるのも事実なのだ。

顔を赤らめたまま、それ以上の肯定も否定もできずに固まってしまった千央に、啓吾は小さく溜息《ためいき》を吐《つ》くと、仕方ないというように乱れた前髪をざっと掻き上げた。それに少しだけ、罪悪感がちくりと疼《うず》く。

これでも一応、悪いと思ってはいるのだ。啓吾と暮らし始めたばかりの頃、いつもバイトや部活のことで反発し合っていたせいか、千央はなぜだかいまだに彼に甘えきれない部分がある。それに加えて、一回り近い歳の差とか、養われている立場だとか。

そうしたものがどうしてもネックになって素直になれず、その為恋人となった今でもなかなか甘い雰囲気にならないことが、千央にとっても大きな悩みの種なのだ。

啓吾のことは他の誰にも譲りたくないくらい好きなのは、確かなのだけれど。

「なら尚更、使いものにならなくなったら、いざというとき困るのはお前の方だぞ」

しかし、千央が素直に『ごめん』と謝罪を口にしようとしたとき、啓吾の口からさらりと続けられた言葉に、ピクッと頬が引きつるのが自分でも分かった。

男としてはかなり上等な部類に入るほど凛々《りり》しく整った顔立ちをしていながら、こういうことを平然と告げる啓吾にも、なかなか恋人特有の甘い雰囲気になれない原因の一端は、もちろんあるのだろうけれども。

「………っ、そういうこと言ってっから、アンタはエロジジイだって言われんだよ！」

ついい、そんな風にいい返してしまう自分にも、やはり問題は山ほどあるのだろう。


「おはようございます」

「あ、松本さん、おはよ。すぐ用意できるんで、もう少しだけ待ってもらってもいい？」

いつものように、自分の上司である啓吾をマンションまで迎えにやってきた松本は、カウンター式のキッチンの中で忙しく立ち回っている千央を目にして、『もちろん、いいですよ』と人のよさそうな笑みを浮かべた。

「ああ、今日は珍しく洋風なんですね」

そのまま松本はテーブルに並んでいるクロワッサンとスクランブルエッグ、それにサラダとコーンスープというメニューに視線を向けると、『おはよう』と一言挨拶《あいさつ》を交わしたきり、むすっとした顔で新聞を広げている上司の隣に腰を降ろす。

「うん、昨日寝る前にご飯といどくの忘れちゃって…、あ、もしかして松本さん、朝はご飯と味噌汁じゃないと嫌な人？」

「いえいえ、千央さんが作ってくれるならなんでも。もともと家では面倒くさくて、朝はコーヒーだけなんてこともよくありましたしね」

「それ、よくないよ。朝はちゃんと食べないとさ、一日働くんだし」

「そうですね。もっとも最近は千央さんのおかげで、助かってますよ。体調もいいですし」

千央が啓吾と暮らし始めたばかりの頃、二人の仲の険悪さを見るに見かねたのか、一緒にこのマンションで朝食を摂るようにしてくれていた松本は、すっかりその習慣が身についてしまったらしく、千央と啓吾がくっついたあともこうして啓吾を車で迎えにきては、毎日のように朝食を摂っていく。

自分も学校にいく準備をしなくちゃならないし、朝から三人分の朝食を用意するのは結構な手間だが、もともと姉と二人暮らしの時も家事は当番制だった千央にとっては、朝食の準備の大変さよりも、一緒に食卓を囲む存在がいることの方が嬉しい。

特に、今日みたく啓吾と二人きりでは気詰まりな朝は、啓吾の仏頂面をものともしない松本の図太い神経が、心底ありがたかった。

千央達の話を聞いているのかどうかは分からないが、今も啓吾はいつも以上に無表情のまま、不機嫌のオーラだけかもし出している。そうじゃなくとも切れそうなほどきつい眼差《まなざ》しとか、いるだけで人を威圧するような存在感とか、そういうものを含めて啓吾は副社長という立場でありながら、海東グループの社員から恐れられているのだ。こんな顔で出勤したら、それこそいい迷惑だろう。

しかし彼と長い付き合いである松本は、さすがにこれくらいでは動じもしないようで、不機嫌そうな啓吾の隣で平然と出された食事を平らげると、千央に食後のコーヒーまでもらい、終始和やかに朝食を終わらせた。

「ご馳走《ちそう》さま。着替えてくる」

それでも一応その不機嫌さには気がついていたようで、食べ終わると同時に自室に戻っていった啓吾の背を見送りながら、松本は千央にだけ聞こえるような声でこっそりと呟きを漏らす。

「あちらはなんだか朝から、ご機嫌斜めのようですねぇ。こんなに天気がいい日なのに。なにかあったんですか？」

「さぁ…、あそこだけ台風注意報でも出てんじゃないですか？」

いくら啓吾との関係を知られているからとはいえ、まさか松本に『最後までさせてやらなかったから、拗《す》ねてるみたいです』などとは言えないだろう。

まぁ……それだけでなく、その後千央の口から漏れた暴言の数々も、啓吾を不機嫌にさせている一因なのだろうけれど。

　気まずさを押し隠しながらしらっと答えると、松本はそれに『安心しましたよ』と小さく笑った。

「なにが？」

　もしかしたら『仕事前にあまり機嫌を悪くさせないでくれ』と、釘《くぎ》を刺されることを予測してとこっそり身構えたりもしたのだが、それとは全く反対の評価をもらってしまい、なんだか複雑な気分になってくる。

「ほら、昔からケンカするほど仲がいいっていうでしょう？　あの鉄面皮が過剰に反応するのは、千央さんのことだけですしねぇ。顔の筋肉があれで固まってしまう前に、どうぞどんどん振り回してやってください」

　相変わらず、部下の発言とは思えないような暴言をさらりと吐くと、松本は『ご馳走様でした』と空になったカップを置いた。

　若い副社長をサポートする切れ者の秘書という噂《うわさ》がまるで嘘《うそ》のように、松本はいつもにこにことした顔で千央に接してくれる。

　千央がまだ啓吾と対立していたときも、松本は啓吾の肩だけを持つようなことはせず、いつも中立の立場でいてくれた。だからかもしれないが、その人のよさそうな笑みの下でなにを考えているのか分からないと知りつつも、つい啓吾にはできないような相談まで持ちかけたくなってしまう。

「そういえばしばらくの間、またバイトにいくことに決めたんですよね？　そのことはもう、副社長に伝えたんですか？」

「……それもまだ、なんだけどさ」

この件も実は、松本にだけは先週のうちにこっそり打ち明けてあった。

夏休みが終わる間際、親友である河野《こうの》から電話があり、彼のいるバイト先で空きが出たため、短期間だけでもやってみないかと誘ってくれたのだ。もともと河野がバイトしている店ということもあって、部活や学校などの都合も聞いてくれるようだし、時給もまぁまぁでとてもありがたい誘いではあった。

生活費を自分で稼がなくてはと、意固地になっていたときとはわけが違い、今は啓吾からの経済的援助をありがたく受け入れているし、テニス部にも顔を出したり、学校帰りに友人達と遊んだりもしている。

ただその環境に甘んじて、それが当然だと思ってしまうことだけは避けたかった。縁あって親類になったのだから甘えておけと周囲は言うが、それができるくらいならとっくにやっている。これまでなるべく他人には頼らず、姉と二人でやってきた経緯があるせいか、どうも千央は人に頼りきるのをよしとできないでいるのだ。しかし、それを啓吾が納得してくれるかは謎《なぞ》なのだが。

未成年のうちは保護者に甘えて、金の心配などしなくてもいいというのがどうやら持論のようだし、啓吾としては千央も海東家の一員として、平等に扱うと決めているようだった。

そんな男に面と向かって頼み込んだところで、果たして意見が通るかどうか。まさか以前のように軟禁《なんきん》状態へ持ち込まれることはないだろうが、せっかくいい雰囲気になりつつあるというのに、これ以上機嫌を損ねたくはなかった。

「本当は松本さんがいるときにでも話そうかと思ったんだけど、………なんか…今日は、言い出せるような雰囲気じゃねーし」

「ふむ、虫の居どころでも悪いんでしょうかね」

「や…、多分、悪かったのは虫の居どころというより……」

当たりどころだったのだろうと、思うのだけれど。

しかしさすがに、どこがどう当たったから非常にまずかったのかということを、具体的に突っ込まれても困るので、千央はハハと乾いた笑みを浮かべるだけにとどめておいた。

「でもさ、ちょっと意地になりすぎてると思わない？　たかがバイトぐらいのことでさぁ」

一回り近く歳の離れた恋人は、その差を見せつけるかのように、千央のことをまるで小さな子供のように扱ってみせる。

啓吾に手放しで甘やかされることは、とても嬉しい。そしてそれと同時に、ひどく悔しい。

もとより歳が離れているのだし、高校生と社会人で立場的に差があるのは当然なのだから、そんなことでどんなに千央が意地を張ったところでしょうがないとは思うけれど。

「意地っ張りに関しては、二人とも似た者同士だとは思いますけど」

「……松本さんまで、そんなこと言うし」

昨夜、電話先で姉に愚痴《ぐち》を漏らしたときも、『あら、ちいちゃんだって似たようなものでしょ』と笑われたことを思い出し、つい恨みがましい視線を松本に向けてしまう。

　啓吾が自分のことを、大切に扱ってくれているのはよく分かる。はじめはその無愛想な表情や言動の横柄さに苛立《いらだ》って、ここから逃げ出すことも考えたりしていたが、今はその不器用な優しさにすっかり参ってしまっているといっても過言ではない。

　でもだからといって、抱かれて、ただ可愛《かわい》がられている存在にだけはなりたくなかった。啓吾に言わせれば、それすらも素直にさせてくれないだろうと、嫌味のひとつも言われそうだったが。

　ペット扱いだけは、ごめんなのだ。それでは……、なんだかマルと同じではないか。

　可愛がられて、ただそれをずっと待つだけのような存在にはなりたくない。それこそ、意地っ張りだと言われてしまっても。恋人として付き合っていくのならば、尚更。

「あの人、へんなとこで石頭なんだよね。いまどきバイトなんて、クラスの半分以上がやってんだよ？　なにもやらないで金だけもらってる方が、そのありがたみも分かんなくなっちゃう気がするんだけど……」

　学費や普段の食費だけではない。啓吾は千央専用に銀行に口座を設け、必要なときに使えるようにとカードも用意してくれている。もちろん啓吾が普段持ち歩いているような、いわゆるゴールドやプラチナといったものではなく、ごく普通のキャッシュカードだけれど、一介の高校生にしては破格の待遇だ。

　その使用目的や金額の制限に関しては一切問われず、千央の判断に一任されているが、啓吾からもらったカードを遊びに使う気には到底なれず、制服を新調したときに一度、使わせてもらったきりになっている。

「はは、それだけ千央さんが可愛くて仕方ないんですよ」

「な、なに言ってんだか…」

「いえ、本当に。千央さんには色々してあげたくて、うずうずしているみたいですし」

別に松本の言葉に他意はないと知りながらも、もしかしてその『色々』には、今朝のようなあれもそれも含まれているのだろうかと、下世話な想像までしてしまい、千央はぐっと息を詰まらせた。

「この際ですから、保護者孝行だと思いきって、存分に甘えてパトロン気分を味わせてやったらどうですか？」

「う…、松本さんまでへんなこと言って、これ以上唆《そその》かしたりしないでよ」

松本の言葉が、からかいを含んでいるものだと分かっていても、つい過剰に反応してしまうのは仕方ない。耳まで赤く染めながらぷいと横を向くと、いつの間に戻ってきていたのか、いつも通りピシリとしたスーツに身を包んだ啓吾が、リビングの入り口でこちらをじっと見詰めているのに気がついた。

だがその視線が妙に険しく感じられて、もしかして今の会話を聞かれてしまったのだろうかと、内心ひどく焦ってしまう。

「松本、いつまでだらだらとしているんだ。遅れるぞ」

「はい。では、参りましょうか」

だが啓吾は別になにも言わずに、くるりと背を向けるとスタスタと廊下を進んでいった。それに軽く目配せをして『大丈夫みたいですね』と教えてくれた松本に頷《うなず》き返しながら、千央は後を追って玄関先まで見送りに立つ。

短期間とはいえ、もしも千央が再びバイトを始めようとしているのが知れたら、啓吾のことだ。きっと黙ってはいないだろう。どうやらそこまでは聞かれていなかったことにほっとしながら、『いってらっしゃい』と声をかけると、啓吾は仏頂面のまま『いってくる』とだけ告げて、松本と共に出ていった。その背中を見送りつつも、千央はこちらを一度も振り返ろうともしなかった啓吾に、少しだけ不満を覚えて唇を小さく尖《とが》らせた。

「なんだよ、ずっと不機嫌でいるつもりかよ」

もしかして、まだ今朝のことが尾を引いているのだろうか。

もともとかなりの無愛想で、表情を緩《ゆる》めることの少ない啓吾だが、それにしたってひどいと思う。自分は今朝からずっと、啓吾の笑顔どころか、優しい顔すら見ていないのだ。

「だいの大人があれくらいのことで拗ねなくったっていいのにさ…」

いや、大人だからこそ、拗ねたくもなるのかもしれないが。

啓吾とこうして付き合い始めてから、すでに一ヶ月近く経ってはいるものの、実はあれ以来、啓吾と最後までしたことはまだない。

ずっと我慢させてしまっていることに関しては、千央も少しばかりの呵責《かしゃく》を感じてはいるのだが。

啓吾と触れ合うのは、嫌いじゃない。それどころか、あの無骨そうだが綺麗《きれい》な指先にあちこち触れられたり、優しく抱きしめられているだけで、このままずっとこうしていたいと願うほど、心地よいと思う。

ただそれと、これとは、また別物なのだ。昨夜、天気が崩れかけていたことを理由に、『夜中にアレがきたら困るから』などと口実をつけて、啓吾のベッドにもぐり込んだのは千央の方からだ。雷が苦手な千央を気遣ってか、天気が崩れがちな夏の間は、よくこうして二人と一匹で眠ることがあった。

ただ、さすがに最近はそれだけじゃなくて、スキンシップで片づけるにはちょっときわどすぎる触れ合いをすることもある。昨夜ベッドの中にもぐり込んだ時も、あの指先とか唇で、感じるところばかりあちこち弄《いじ》られてしまったことを思い出すと、今でも顔が火を噴きそうだ。

しかしその後は別段変わりなく、啓吾の背中にしがみつくようにしながら大人しく眠りについたため、まさか今朝になって、おはようの挨拶代わりに千央からしかけたキスで、あんな展開になるとは思っていなかったのだ。

『今なら最後までしてもよさそうだ』と啓吾に思わせてしまったほど、キスだけでひどく感じてしまっていた自分を思い出してしまい恥ずかしさに、その場でくにゃりとしゃがみこんだ。

「だいたい、あんな顔してあんなに手馴れてるところからして、詐欺《さぎ》じゃんか…」

こっちは歯列を割って舌まで深く味わっていった、あのキスひとつ思い出すだけで、心臓が破裂しそうなほどドキドキせずにいられないのに。

まさか啓吾が、今まで誰とも付き合った経験がないとは、さすがに千央も思ってはいない。一見ひどく禁欲的な雰囲気を感じさせる啓吾だが、軽々と片手で千央を組み伏せ、快楽に絡めとっていくその手管を見ただけでも、啓吾がこの手のことに関してもかなり優秀なのは窺える。

だからといっていつもと同じ澄《す》ました顔で、あっさりと意識を奪っていかれると、また大人と子供との差を見せつけられているようで、悔しくなるのだ。

ほんとは……恋人を前にして、悔しいとか負けてるとか、そんなこと言ってる場合じゃないし、松本の言葉通り、年下の特権として素直に甘えておけばいいことも、十分に分かってはいるのだけれど。

つい反骨心を芽生えさせてしまう自分の性格を振り返って、千央ははぁと大きく溜息を吐いた。

この負けず嫌いが健在な限り、二人が恋人として発展するのは、まだまだ遠い先のようだった。

「うわ…、お前は鬼か」

バイトの件に関して『なんか話ができるような雰囲気じゃなかったから、もうちょっと待って』と、今朝の経緯を掻い摘《つま》んで伝えた途端、苦い顔をして引いた河野に、千央はむっとしながら唇を引き結んだ。

だいたい、いつまでも返事ができないことで、河野が『もしかして、また反対されてんのか？』と変に心配するから、恥を忍んで打ち明けたというのに。

どうやら河野としては、バイトの返事よりも啓吾とのやりとりの方が、ひっかかったようだ。

「俺は相手に同情するね」

「なんでだよ。怒っていいのは、俺の方だろ」

いくら同じベッドで眠っていたからとはいえ、朝っぱらから突然迫られる身にもなって欲しい。しかも、まだ恐怖心は薄れていないというのに。

「ったく…、お前も無駄なあがきばっかしてないで、とっとと全部やらせてやれば？　前はいいけど後ろはダメとか、手はいいけど口は嫌だとか、そんな風にもったいぶってるうちに、飽きられても……」

「わーっっ！　お、お前！　お前は……ここをどこだと…っ」

周囲の目も気にせず、とんでもないことをさらりと告げた悪友の口元を、千央は慌てて塞《ふさ》ぐように腕を伸ばした。

「部室だろ」

「さらっと答えんな！」

分かっているなら尚更、もう少しこう……配慮とかはないのだろうか。

だいたいそんな話を、河野へこと細かに説明した覚えはない。それにこれから部室内では、九月に行われる新人戦に備えての話し合いが控えているのだ。いくら放課後になったばかりで、まだそれほど人が揃《そろ》ってきていないとはいえ、ちらほらと人が集まり出しているというのに。

千央の腕から逃れつつ、けろりと答える河野を真《ま》っ赤《か》な顔で睨《にら》み上げたが、河野からは反対に呆れたような視線を返されてしまった。

「いまさらなにを照れてるんだか。夏休みの間中、あの人がどうした、あの人がこうだったと散々のろけまくってくれたくせに。肝心なところでなに渋ってんだよ」

その言い分はもっともで、千央としても返す言葉が浮かばない。のろけまくったつもりはなかったが、他人の恋愛事情を聞かされているという時点で、すでにそれに近いものはあるのだろう。

しかし啓吾とも面識がある河野だけが、唯一松本以外に啓吾とのことを語れる相手なのだから、少しぐらい話を聞いてくれてもいいではないか。

「そ、それは、まぁそうなんだけど……。いやでも、そんなに簡単なことみたいに言われると…」

周囲を気にしながらぼそぼそと小声で言い返すと、河野はアホらしいといったそぶりで、手にしていたパックの牛乳をずずっといっきに飲み干した。

「別にそんなの、簡単なことだろうが。お互い、気持ちはとっくに認めてんだから。気持ちがあれば、更に深い関係になるのも当然の流れだろうし。それともいまさら男同士ってのがネックになってんのか？」

「別に、そんなんじゃ…」

「ならいいじゃん。自分が死ぬほど好きになれる相手にめぐり合えるなんて、滅多《めった》にないと思うぜ？しかもその相手に好かれることなんか、もっとありえねぇんだから。それだけでもすげーことだと…

…って、なんだよその顔は」

「や、なんか珍しく…まともなこと言ってんなーと思って…イタタタタ」

減らず口を叩いた途端、両頬をつねられるように引っ張られて、思わず声をあげる。するとそんな二人のやりとりを、少し離れたところで見ていたらしい綾瀬《あやせ》が、笑いながら間に割って入ってきた。

「相変わらず仲がよいね」

綾瀬は千央達が所属しているテニス部の先輩なのだが、後輩達の中でも千央をなにかと気にかけてくれているようで、部活の外でもよく声をかけてくる。以前、なかなかバイト先が見つからずにいた千央へ、親戚の店を紹介してくれたのも綾瀬だった。

「そんなんじゃないですよ。俺が一方的に虐《しいた》げられてんです」

「バカ、いつも迷惑かけられてるのは、こっちの方だろうが」

「はは、やっぱり仲よくて妬《や》けるね。そういえば…バイトの件も、河野の行ってるバイト先に決めたんだって？」

罵《のの》り合う二人の姿に苦笑しながら、綾瀬は思い出したようにその件に触れてきた。

「あー、…その節は本当にすみませんでした」

「いいって。いいって。親しい友達がいる方が、楽しいもんな。バイト先で志水《しみず》に会えないのは、ちょっと寂しいけど」

言いながら、口元を少し寂しそうにゆがませる。その件に関しては、千央も本当に申し訳なく思っていた。親戚のやっている店だから気軽においでと、せっかく紹介してもらったバイトを、千央はさまざまな理由からすでに二度も断ってしまっている。もちろんその原因の多くは、啓吾とのいざこざによるものだったが。

しかし綾瀬は突然やめた千央を責めもせず、それどころか再び同じ職場で働けるように、その後も声をかけてくれていたのだ。そうした気遣いはありがたかったが、さすがに二度も断ってしまったあとでは、これ以上の迷惑をかけられないだろう。

別に綾瀬よりも河野のいるバイト先の方がよくて、わざとそちらを選んだというわけではないのだが、ここでわざわざそんな説明をするのもはばかられて、素直に頭を下げるだけにとどめておいた。

「あのさ…それとは関係ないんだけど。志水、今日ひまか？　よければさ、部活のあとに映画でも見にいかないか？　夏休み中もなんだかんだと忙しそうで、部活以外はぜんぜん出かけられなかったろ。今日は話し合いだけで、早く終わるだろうし…」

軽い様子で誘いかけながらも、妙にそわそわとした落ちつかない様子の綾瀬を見上げて、千央は『そういや夏休み中も、何度か遊びに誘われてたっけ』と今頃になってそれを思い出した。

しかし前半はほとんどマンションに軟禁状態だったし、後半は啓吾と過ごす日々に意識の全てがいってしまっていたから、それどころではなかったのだが。

「あー、せっかくなんですけど……。俺、夕飯作らなくちゃならないもんで、今日は早めに帰って買い出しにいこうかと思ってるんですよ。すみません」

後半の妙に甘ったるかった日々を思い出すだけで、気恥ずかしくてたまらない。それを誤魔化《ごまか》すようにぽりぽりと頬を指先で掻きながら答えると、途端に綾瀬は驚いたような顔でずいっと詰め寄ってきた。

「え、志水って確か今、親戚の叔父さんの家にいるんだろ？　まさか……そんなことまでやらされてるのか？」

「や、やらされてるわけじゃなくて、俺が勝手にやってるだけなんですけど」

正確には叔父の家ではなく、千央自身が啓吾の叔父にあたるのだが、そんな奇妙な家庭環境をわざわざ訂正する気も起きずに、千央は慌てて首を振る。

簡単な家事や食事の仕度は、別に強制されているわけではない。それどころか以前までは、通いのハウスキーパーがきてくれたり、食事の差し入れがあったりと、至《いた》れり尽くせりの環境だったのだ。

今も週に一度ほど派遣のハウスキーパーがやってきて、掃除やクリーニングの管理をしてくれたりしているが、それ以外はたいてい千央がこなしている。あえて自分でやっているのは、別段それが苦痛ではないことと、自己満足ではあるが、世話になっているお礼代わりみたいなものだ。

貧乏性が身についているせいで、なんでもかんでも金を払って業者任せな生活が、もったいなくて耐えられないという説もあるのだが。

「大変なんだな……」

「いえ、それは別に好きでやってることですから。だいたい一緒に暮らしてる人ってのが、見た目は凄《すご》くパリっとしててかっこいいのに、中身は本当にしょーもない人なんですよ。世間知らずっていうか。仕事はバリバリこなしてるくせに、ご飯を食べた後に食器ひとつ自分で下げたことすらないんですよ？　信じられます？」

「へ、へぇ……そんな大変な人なんだ」

「大変っていうか、なんかもう大人のくせに放っとけないって感じで。でも一応お世話になってるし、少しぐらいは役に立ちたいかなーと思って。俺が作るものなんて、たかが知れてるんですけどね。それでも文句も言わずに食べてくれてるし……」

先ほどまでせわしなくあちこちをめぐっていた綾瀬の視線が、なぜだか次第にうつろになっているのも気付かず、千央は更に話を続けた。

「毎晩遅くまで仕事してるのに、外で食べるのは嫌いみたいで、いつも家で食べたがるから、せめて時間までにはちゃんと作っておいてあげようかなと思って…」

他にもここぞとばかりに、どれほど啓吾が社会人としては立派でも、人としては成長してないかを並べ立てると、綾瀬は全身の力を失ったかのように『そうなんだ…』と頷きつつ、がっくりと肩を落とした。そうして最終的には、『じゃ…バイトの件はまた、やりたくなったらいつでも言ってくれればいいから』とだけ告げて、その場を離れていってしまった。

その一部始終を横で眺めていたらしい河野は、気の抜けたような綾瀬とは対照的に、なぜだかニヤニヤとした笑みを浮かべている。

「……なんだよ、気味悪いな」

「いやー、あれはかなり強烈だったろうなと思ってさ」

「なにが？」

「あれだけ堂々とのろけまくられたら、毒気も失せるだろ」

「はぁ…っ？」

啓吾の悪口ならばたった今、並べ立てた記憶はあるが、どの辺をどうしたらのろけに聞こえるというのだろうか。

「おまえの耳はやっぱおかしいんじゃねーの？　なんでそんな風に聞こえんだよ？」

「いやー、俺にはまるで新婚家庭の新妻が『うちの人ってこうなのよ』と、嬉し恥ずかし主婦談議しているようにしか聞こえなかったぞ。まぁ、綾瀬さんの場合これ以上へんな期待させても仕方ないし、あれはあれでいいパンチになっただろうから、あんまり気にすんな」

「気にするだろ、普通っ！」

いくら古い付き合いで遠慮がないとはいえ、とんでもない解釈をされるのはごめんである。

しかし耳がおかしいと断言されたはずの友人は、一向にそれを気にした風もなく、その問題の耳をぼりぼりと掻きながら、更にきわどい突っ込みをくれた。

「つーか、そこまでメロメロなくせに、あとはなにが問題なわけ？　あの人にあんまり深く踏み込ませたくないような、事情でもあんのか？」

「……なんだよ、それ…」

一瞬、思いもよらぬところから、心臓の真ん中にズトッと矢が刺さったような衝撃を受ける。身体の一番奥に隠していた部分を突然引きずり出されたようで、千央は河野の視線から逃れるように、すっと目を逸《そ》らした。

「そんなこと別に……なにも考えてねーよ」

「そうか？　俺から見る限りじゃなんかあの人のことになると、必要以上に意地張ってるように見えるけどね」

言いながら河野はまるで渇を入れるかのように、硬い表情をした千央の背中をバンッと叩いてみせた。

「お前がなにを考えてるかは知らないけどさ。らしくねーんじゃねぇ？　そういうの」

河野とは長い付き合いの中で、自分の負けず嫌いな性格など、とっくに知られてしまっている。だからこそ、啓吾のことになるとどこか及び腰な千央へ、発破をかけようとしてくれているのだろう。

「あの人なら、どんな場合でも急に放り出すような真似《まね》なんかしないだろうし、へんなところで意地ばっかり張ってないで、どうせならとことん甘えてみれば？」

「……分かってるよ、そんなの。お前に言われなくたって…」

分かっている。そんなことは、十分に。

先ほど綾瀬に話したように、口では啓吾のことをしょうがない人だなどと言っていても、本当は自分などよりもずっと大人で、上等な人間だということを知っている。無愛想に見えても、その実ひどく暖かい男だということも。

一緒に暮らし始めたばかりの頃、反発ばかりしていた千央を、啓吾はそれでもずっと気にかけてくれていた。バイトを反対しているのだって、表向きは『海東家として体裁が悪いから』などと口にし

てはいるが、本当はただ千央に苦労させたくないと思ってくれていることは、松本にこっそり耳打ちされなくとも伝わってくる。

河野の言う通り、啓吾ならたとえ千央が甘えて頼ったとしても、決して途中で突き放したりはしないだろうし、そんなことは最初から別に心配などしていない。

それよりもどちらかといえば、臆病な考えばかりが先に立って、素直に心を預けきることができないでいる自分の方に、問題はあるのだろうと自分自身でも分かっていた。

「なんだ？　珍しくそんなに素直だと、気味が悪いな」

いつものように減らず口で言い返されることを想像していたのか、神妙な顔で黙り込んでしまった千央に、河野は不審そうな視線を向けてくる。

それにひとつ大きく息を吐くと、千央はぼそぼそと小さく口を開いた。

「別に……。ただ、お前と友達でよかったなーと思って」

普段なら決して言わないような赤面ものの台詞《せりふ》だったが、なんだか今は無性に言いたい気分だったのだ。しかしそれを耳にした河野は、一瞬ほうけたような顔を見せたが、ついでめちゃくちゃ不機嫌そうに眉《まゆ》を寄せてみせた。

「……お前、そういうことを真顔で言うのは、やめておけ」

「なんで？」

人がせっかく素直になってやったというのに、その心底嫌そうな顔はなんなんだ。

「そうやって無意識のまま、あちこちで人を変な道に引きずり込もうとするんじゃないって言ってるんだよ。……ったく、啓吾さんも気の毒に」

「はぁ？　なんだよ、変な道って」

ぶつぶつと続けられた言葉にわけがわからないと千央が顔を向けても、河野はその疑問を無視するように視線を逸らしたまま、空になった牛乳パックを持って席を立ってしまった。

せっかく人が誉《ほ》めてやっているというのに、ほんと友達がいのない奴である。

「いいから、そういうのはあの人限定にしとけよ。そうやってしおらしくしてりゃ、バイトの件だってすぐオッケー出るだろ」

ニヤリと笑ってそんな憎まれ口を叩きながらも、去っていくその耳たぶがほんのり赤かったことは、ちゃんと気がついていたけれど。


「おかえりー」

いつも通り八時にはぴたりと仕事をきり上げて帰ってきた啓吾を、千央は抱き上げたマルと共に玄関先で迎えた。朝の見送りならともかく、玄関先までのお出迎えは滅多にしたことがないからか、啓吾は一瞬眉を寄せつつも、『ただいま』と返事を返してくれる。

「えーと、松本さんは？　一緒じゃないの？」

「松本ならまだ社に残ってるはずだが……」

「そうなんだ」

たまに夕飯時に松本が寄っていってくれることがあるため、今日も密かにそれを期待していたのだが、どうやらあてははずれたようだ。姑息《こそく》な手段だができればバイトの件を啓吾に告げるときに、横から松本に援護射撃してもらえたら……などと、都合のいいことを思っていた自分の甘さに、がっくりくる。

「なにか用があったのか？　なら、帰りによるように社の方へ電話してみるといい」

そんな千央の様子に気付いたのか、啓吾はいつも通り無表情のままぼそりと提案をしてくれたが、なぜだかその抑揚のない口調が、朝見送ったときよりも機嫌悪そうに感じられて、千央は慌ててぷるぷると首を左右に振った。

「や……、そういうわけじゃないからいいんだけど。ただ最近あんまり一緒に夕飯食べてかないからさ、どうしてるかなーと思って。あ、今温めてるからすぐに食えるよ。それとも先に風呂入る？」

これではまるで河野の指摘通り、新婚家庭の新妻を地で行く台詞のようだなと、一瞬自分でも突っ込みを入れたくなったが、いつまでも不機嫌なままでいられたら敵わないと、心の中で言い訳しながらリビングへと啓吾を誘う。妙に愛想を振りまく千央に啓吾はいぶかしげな視線を向けつつも、勧められるまま夕食の並んだ席に腰を降ろした。

明日の朝、松本がくるのを待って話をしてもいいのだが、どうせいつかは言わなくてはならないのだし、これ以上こんな居心地の悪い思いはしていたくない。ちゃんと自分の口から希望を伝え、その上で啓吾にも納得してもらうのが一番いい形なのだろうと腹を決めると、千央は夕食が一通りすんだあとを見計らって、ひとつ大きく息を吸い込んだ。

「あのさ……話があるんだけど」

「なんだ？」

「実は今、河野の行ってるバイト先で、急に辞めた人がいて、人手が足りないって言うから、短期間だけでも手伝ってみようかなーとか、思ってるん…だけど…」

食後のお茶を手渡しながら、恐る恐る話を切り出す。次第に声のトーンが小さくなっていくのは、この際仕方がないだろう。

ちろりと窺うような視線を向けても、啓吾は手渡された湯飲みに静かに口をつけただけで、別段激した様子もなく話を聞いてくれているようだった。

「もちろん、勉強はちゃんとやるつもりだよ。テニスも今まで以上に頑張るし、二学期の成績も落とさないようにするからさ。それにバイトって言っても短期間だけだから、他に迷惑もかけないようにするし……」

「そうか」

頭ごなしに反対意見を言われてしまう前に、自分からバイトをする上での最低条件を並べ立てる。

しかしなんとかここで納得してもらわなくてはと、懸命に説明しかけた千央の意気込みを削《そ》ぐように、啓吾にはいつも通りの言葉であっさりと頷かれ、面食らってしまった。

「え？　やっても……いいの？」

啓吾がそうやって頷くときは、ただ聞き流しているのではないことを、これまでの経験から知っている。確認をとるように問いかけると、やはり啓吾は『ああ』と頷いてくれた。

「やってみたいんだろう？　自分でそこまで考えて決めたことなら、反対はしない」

こんなに簡単に認めてもらえるとも思っていなかったので、その言葉を聞いた途端、かなり拍子抜けしてしまった。これまでの経験から考えても、もう少し渋い顔をされるかと思っていたのだが、啓吾は別段表情を変えることもなく、頷いてくれている。それがなんだか嬉しいような、妙に物足りないような、複雑な気分だった。

「そ、そう。ならよかった。それで……早速なんだけど、今週末から出かけてもいい？　夕食を作る時間には間に合うように、ちゃんと戻ってくるから」

「いちいち許可をとる必要はないから、遅くなるときだけは前もって知らせなさい。それに今週は、私も出張で大阪に行くことになっているから、夕食のことは気にしなくていい。たまには河野君と外で食べてきたらどうだ？」

「うん……じゃあそうさせてもらう」

希望通り認めてもらっておいてなんなのだが、こうトントン拍子に話が進むと、かえって居心地が悪いような気もする。しかもここ最近は、啓吾の仕事が入っていない限り、休日はたいてい二人きりで過ごしていたため、土日にバイトをいれてしまうのは申し訳ないと、密かに気にもしていたのだ。

しかし啓吾も出張でいないとは、運がいいというかなんというか。

「ね、それって泊まりなわけ？」

「ああ、多分帰りは日曜の夜になる」

「ふーん…」

自分だってバイトを入れるつもりだったくせに、啓吾が週末いないと聞くと、なぜだかひどく寂しく感じるなんて、ずいぶん身勝手な感情だと自分でもそう思う。それを悟られないように、『じゃあ、今週はマルと二人っきりか。たまにはそれもいいかな』などと、わざと明るく笑って千央は席を立った。

「なんなら、本家の方にでも泊まりにいってきたらどうだ。響子さんにもいつでもおいでって、誘われているんだろう？」

「勘弁してよ。あそこに行くたび、めちゃくちゃあてられるんだから。それにマルだけここに残しとけないし」

千央の教育の賜物《たまもの》か、食事のあとに汚れものを流しに運ぶ習慣が身につき始めた啓吾から、空になった食器を受け取ると、きゅっきゅと音を立てて洗い始める。

「マルなら、エサと水さえちゃんと用意しておけば、一日くらい平気だから気にするな」

「そういうの、俺が嫌なの。ったく……、へんに子ども扱いしないでよ」

マンションで一人きりになる千央を気遣って、啓吾が勧めてくれているのは分かっている。けれどもここに連れてこられるまでは、ちゃんと一人で暮らしていたのだし、いまさら誰かが傍《そば》にいないと寂しくて眠れないなどという子供じみた感傷などない。

それどころか、炊飯器でご飯のひとつも炊いたことのない啓吾よりも、自分の方がよっぽどしっかりしているんじゃないかと思うことも、ままあるくらいだ。

「俺なら平気だって。今までだってそれでやってきたんだし。たとえば今すぐ一人暮らしに戻っても、なんとかやってけちゃうぐらいにはしぶといし。俺から見たら、啓吾さんの方が心配なぐらいだよ。だから別にそれほど心配しなくても…」

「千央」

大丈夫だと最後まで言い終わらぬうちに、突然横から腕を掴《つか》まれ、その力強さにビクリと身体が強張った。反動で泡立ったスポンジと共に、皿がガチャリと流しの中へ滑り落ちる。

「ひゃ…、な、なに?」

妙に真剣な面差しで千央の腕を掴む啓吾を、なにごとかと見上げる。

「もしかして、ここから出て一人で暮らしたいのか?」

「えっ? や、違う。それ違うって! ただのたとえ話で……、誰もここを出たいなんて思ってないから…っ」

へんな誤解をされてはたまらないと、千央は慌てて首を振る。以前のように、ただ逃げ出していた

頃とはわけが違う。必要以上に啓吾に甘える気はなくとも、いまさら離れて暮らしたいなどとは思っていなかった。それどころか、どうやったら長く傍にいられるのか、そればかりを気にしているのに。

再びバイトをしたいと話したことや、不用意な発言のせいで誤解させてしまったのかもしれないが、その気はないことをきっぱりと否定すると、啓吾は幾分《いくぶん》ホッとしたような表情を見せた。

それに思わず、ドキッとする。

「そうか」

啓吾からは相変わらずの答えしか返ってこなかったけれども、そんな風にホッとされると、もしかして啓吾も自分と同じ気持ちなのだろうかと思ってしまう。

できるだけ一緒にいたいと啓吾も思ってくれているなら、これほど嬉しいことはないけれど。

「あの、えっと…、このままだと続きが洗えないんだけど……？」

「ああ……いや、悪い。驚かせるつもりじゃなかったんだが…」

別に掴まれているのが嫌だとか、そういうわけではないのだが、いつまでもドキドキした状態でいるのが苦しくて恐る恐る声をかけると、啓吾は慌てたようにパッと掴んでいた腕から手を離した。

しかしそうして千央から離れながらも、なぜだか啓吾の横顔が少し弱ったような表情をしているのを見つけて、思わずその顔をじっと見返してしまう。いつも傲然《ごうぜん》としていて、滅多に動じないことを知っているだけに、そんな表情を見るのははじめてのような気がした。

「……なんだか私は、お前を怖がらせてばかりいるな」

千央の視線に気付いたのか、苦笑しながらポツリと呟かれた告白に、なんのことかと首を傾げる。

「今朝も少し強引すぎたようだ。悪かったな」

しかし次の瞬間、それがなにを指しているかに気付いて、千央はカーッと顔を赤らめた。

それって、今朝の……あ、あれの話？

自分から聞いて確かめるなんて恥ずかしい真似はさすがにできないし、そんな度胸もないのだが、その推測は多分間違っていないだろう。

だがまさか、啓吾の方から謝ってもらえるとは思ってもみなかったため、なんと答えるべきなのか迷ってしまった。特に、今朝のことは自分の方こそなんとなく謝るきっかけを失っていた分、尚更。

「べ、別に…っ、あれは怖がってたわけじゃなくてっ。ただ……もうあのときは朝だったし、松本さん迎えにくるし、それに…そうだよ、マルのエサだってやらなくちゃいけなかったしっ」

慌てて言い繕《つくろ》うように言葉を返しながらも、こんなときまで素直じゃない自分に、その場で深く沈み込みたくなってきた。

怖くなかったかと聞かれれば、それはもちろん、怖かったに決まっている。

なにしろ、はじめての記憶が悪い。突然強引に入れられて、更には気持ちよくなるまで抜いてももらえなかったのだ。

何度も腰の奥で深くつながったまま揺さぶられて、自分の身体がぐずぐずと溶け出すかと思うほどに、あちこち弄り回された。自分の身体がまるで自分のものじゃなくなるような未知の感覚には、やはりびっくりしたし、足のつま先までしびれてしまいそうなほどの鋭い快感は、慣れていない分、怖かった。

まるで天国と地獄を、いっぺんに味わわされたみたいな気分だったのだ。

「そうか？　なら今度は手加減なしで最後までしてもいいんだな？」

「えっ！　や、その……それは、えと…」

強がりを言ってしまった手前、いまさら『やっぱり怖いから嫌だ』とは言い出せず、だからといって今すぐこの場で頷く勇気も持てずに、どうするべきかと逡巡《しゅんじゅん》していると、啓吾は再び苦笑をこぼしながら、千央の髪をくしゃりと撫《な》でた。

「バカ。いつも威勢がいいくせに、へんなところで遠慮するな。お前はもう少し、人に頼ることや甘えることを覚えた方がいい」

どこか傲慢にも聞こえる、ぶっきらぼうな言葉。

以前の自分なら、そんな言葉を聞いただけで、『命令すんなよ』と反発していただろうが、今はそれが啓吾の遠回しな優しさだと分かるから、素直にそれが胸に染みた。

きっと啓吾は、千央の意地の下に隠された臆病な部分を知っている。知っていて、だからこそ待っていてくれるのだろう。そういうところも、敵わないなと思う。

「バイトの件も、ちゃんと自分で考えて決めたのなら、途中で放り投げたりせずに最後まで頑張ってみればいい。ただし、無理はするなよ」

「うん。ありがとう…」

啓吾の言葉に励まされるように、珍しく素直に言葉が出た。

それに一瞬、どこか複雑そうな苦い笑みを見せた啓吾は、もう一度千央の髪をくしゃりと撫でてから、リビングを出ていった。その後ろ姿を見送りながら、千央は先ほど啓吾によって強く掴まれたときの感触が、今だ残されているような気がする二の腕の部分を、こっそりと撫でた。

腕を強く掴まれた瞬間、思わずびっくりしたのは、別に啓吾自身を怖いと感じたからじゃない。それどころか、まるで強く引き止められているような気がして、嬉しかった。

ただ、素直にそうとは言えないだけで。

悔しいけれども、昼間河野が言っていた『啓吾の前では、必要以上に意地を張っているように見える』という指摘は、多分あたっている。

自分は啓吾からなにげなく手を差し出されただけで、身も心も全てを預けて甘えたくなってしまう。けれども、もしそんな風に全てを預けてしまったら、その後はどうなってしまうのだろうと考えると怖くて、それだけはできないとも思っていた。

両親を亡くしてから他に頼れる親戚もなく、唯一支えあっていたはずの姉も、今はもう新しい家族と幸せな日々を築いている。もちろん姉には今までの苦労も含めて、幸せになって欲しいと願っていたから、それはよかったと千央も心からそう思っている。

ただ、唯一側にいたはずの家族がいなくなったことはやはり、寂しいと感じはしたけれど。

そんな風に姉のときは諦めがついた心も、啓吾が相手だったなら、そうはいかないと分かっているから。

なによりも一番、恋しい人だ。きっと手に入れてしまえば、もう二度と諦めるなんてできないし、そんなこと耐えられるはずもない。

二人と一匹で住むには広すぎるけれど暖かなこの家も、優しく髪を撫でる手も、自分の名を呼ぶあの低い声も。

なにひとつ、なくしたくないものばかりを、啓吾は惜しみなく千央へ与えようとしてくれている。

今まで、自分の中で幸せだと声にして語れるようなものを、千央はなにも持っていなくて、それで当然なのだとどこかでずっとそう思っていた。なのに、いざ目の前に幸せと呼べる暖かなものを差し出されたら、それを両手で掴む勇気もなく、ただ立ち竦むことしかできなくなっている。

自分でも臆病すぎるとは、思うけれど。

なくしたらどうしよう、失ったらどうしようと、そう思うだけでたまらなくなるのだ。

他には何もいらないと思えるほど啓吾を求めているくせに、その全てを手に入れてしまうのは怖いと言ったら、河野にはまた『らしくない』と鼻で笑われてしまうのだろうか。

怖くて自分から手を伸ばすこともできないくせに、それでも誰よりも啓吾のそばにいたいし、欲しがる心は止められない。

「矛盾してるよな…」

相反する心を抱えたまま、千央は自分の弱さを笑うように苦い溜息を吐いた。

机の前に詰まれた未決裁の書類や会議の報告書に目を通しながら、啓吾は明日のスケジュールを確認するために松本を呼び出した。あれもこれもと気になっていたことに手を出し始めれば、仕事は際限なく増えていく為、きりがない。

「お疲れ様です。ついでにコーヒーでもいかがですか？」

「ああ、もらおうか」

隣室から顔を覗《のぞ》かせた松本が、スケジュールの確認ついでに休憩を勧めてくれたのを機に顔を上げると、はめ込み式の大きな窓越しに綺麗な夜景が目に飛び込んでくる。

普段ならば、秘書室で控えている女性職員がお茶出しもしてくれるのだが、さすがにこんな時間では残っているものもいないのだろう。特に社の方針として、女性職員は八時以降の残業はしないように定められている。

代わりに松本が用意してくれたコーヒーを受けとると、啓吾はずっと力がこもりっぱなしだった眉《み》間《けん》を緩ませて、ギシと深く椅子に凭れた。

「なんだかお疲れじゃないですか？　最近は残業ばかりで、帰りも遅くなってきてますしね。たまには早く帰られたらどうですか」

自分も同じだけ付き合わされているくせに、啓吾に負けずおとらず仕事が趣味らしいこの秘書は、いつもと変わらず人のよさそうな笑みを浮かべてニコニコしている。

「新しいプロジェクトのおかげで忙しいのは、お前が一番よく知っているだろう。検討会や調査結果の報告だけでも、目を通さなきゃならないものがたまりまくっている。そろそろ上半期の決算報告も始まるしな」

「そんなの、これまでだって十分あったでしょうに。その分家に持ち帰ったり、人に割りあてたりして強引にでも時間を作って帰っていたくせに、急にどうしたんですか」

以前は忙しくなってくるとマンションに戻らず、会社の近くのホテルに泊り込むことも多かった啓吾だが、千央と暮らすようになってからはなるべく早めに仕事を切り上げ、家に戻るようにしていたことを知っている分、松本としては今の状況に納得がいかないらしい。

『その分こちらにお鉢が回ってきてるんですけどね』などと嫌味を言いつつも、それまで仕事一筋だった啓吾が、誰かのために仕事をセーブするようになったことを密かに喜んでいた松本は、再び元の生活に戻りつつあることを快く思っていないのだろう。同時に、千央が一人でマンションで放っておかれているというのも、気に入らないようだった。

啓吾としても別に放っておきたいというわけではないが、今の状況ではそれも仕方ない。

「最近は天気が崩れることもあまりないからな。マルもいるし、平気だろう」

そっけなく告げると、松本は珍しく呆れたような顔をしてみせた。

「なに言ってるんですか、そんなこと関係ないでしょうに。夕立がない限り、一緒にいられないとか、そんなふざけた決まりがあるわけじゃあるまいし。いつまでも一人にされていたら、千央さんが寂しがるんじゃないですか？」

「その心配はない。千央も今はバイトで忙しいはずだ」

初めは短期で受けるつもりだったバイトは、人手が足りないことと、千央自身が楽しんでやれていることもあって、しばらく続けることになったようだ。

言えばまた啓吾に反対されると思ってか、その報告をするときに少しだけびくついていた千央は、『無理なくできるなら構わない』と頷いた啓吾に、ひどく驚いたような顔をしていた。

今では土日だけじゃなく、部活が早く終わった日も何時間かは、バイトに入っているらしい。

もともと高校入学時からバイトはあちこちで続けていたのだし、仕事の飲み込みも早い分、バイト先でも重宝されているのだろう。

「なんだ、千央さんに構ってもらえないから拗ねてらっしゃるんですか？」

とんでもないことをさらりと告げる部下へ、啓吾はギッときつい視線を向けたが、他の社員がその場にいたら、それこそ真っ青になって震え上がりそうなそれに、松本は一向にビクリともした様子はない。

それどころか『あれ、図星でしたか。それはすみませんでした』と笑って返され、啓吾は更に口元をへの字に結ぶと、コーヒーを片手に書類の山へと再び目を通し始めた。

もともと口で勝てるような相手ではない。

「それと今週末は、本気で博多までいらっしゃるんですか？　確か先週末も仕事で会社にいらしたし、その前は大阪にまで行かれていたでしょう。今回はホテルのプレオープンだけですし、必ずしも副社長がいかなくてはならないわけではないですから、代理人を立てるか、もしくは社長本人にいってもらっては…」

松本の質問によって、週末に予定されたやっかいな出張を思い出した啓吾は、コーヒーのほろ苦さを味わいながら『ああ』と頷いた。

来月はじめに、海東グループともつながりの深い会社の系列が、博多地区に新しいホテルをオープンすることになっている。その日は宣伝もかねて招待客をホテルに泊め、夜にはパーティー形式のセレモニーが開催されるのだが、そこで啓吾は祝辞を述べることになっていた。

「あの幸せボケしている親父殿が、結婚したばかりの妻を置いて泊まりの出張なんて、ますますきたがるはずがないだろう」

本来ならば社長である父の省吾《しょうご》が正式に出席すべきところだが、仕事人としてより家庭人として生きているのが似合いな父は、パーティーなどのきらびやかな席が大の苦手なのだ。

社内の人間にまで無表情、鉄面皮と評価されている啓吾も、どちらかといえばそうした付き合いは得意な方ではなかったが、社の代表である立場上、ある程度は逃れられない。

ことあるごとに『お前に任せる。好きなようにやってくれていい』と告げる父に、なんだかいいように使われているような気もしないでもないが、千央の姉である響子と再婚してからますます家庭に落ちついてしまった省吾は、とっとと引退して全権を啓吾に譲りたい様子すら窺えた。

「まぁ、せっかくだからご自慢のホテルにでも泊まらせてもらって、向こうでゆっくり骨休みでもしてくるつもりだ」

「ほんとあなたも強情っ張りですねぇ…。なんなら千央さんも連れていってあげてはいかがですか？ついでに観光してきてもいいでしょうし」

　空になったコーヒーカップを下げながら、そんなことを勧める松本へ、啓吾は大きく溜息を吐く。

「千央にもバイトや部活があるだろう。確か、新人戦も近いと言っていたしな。それに次の日はまた学校だぞ。一泊だけで疲れると分かっているのに、千央がついてくるわけないだろうが」

「そうですか？　たまには変わった場所に二人きりで出かけられると知れば、千央さんも喜ばれると思いますけどねぇ…」

「それなら、尚更…」

　ついてくるはずがない。

　そう言い返そうとして、先の言葉を飲み込むように啓吾は押し黙った。こんな愚痴めいたこと、他人に聞かせるつもりはない。

「なんですか？」

「いや…お前ももう今日は上がってくれ。私もこれだけ片づけたら、家に戻る」

　それきり再び黙々と仕事に戻ってしまった啓吾に、松本は少し呆れたような仕草で肩を竦めると、『失礼します』と言って部屋を出ていった。

どうせ相変わらずの石頭だとでも、思っているのだろう。

ふと窓の外に目やると、ビルとビルの隙間から覗く四角い空には、ぽっかりと綺麗な半月が浮かんでいた。明日もきっといい天気になるのだろう。

温度調節が行き渡った社内にいるとつい忘れがちになるが、九月に入ったとはいえまだ日差しは強く、特に昼間は残暑が厳しい日々が続いている。それでも以前のように、途中で急に天気が崩れるということもなく、雷の苦手な千央としてはかなり助かっているはずだ。

あと一ヶ月もすれば本格的に涼しくなるし、だんだん自分が傍についてやる必要性も、薄れてきている。そのうち二人と一匹で、一緒のベッドで眠ることもなくなるのだろう。

それを思うと寂しくもなるが、今の状態を思えばいい機会なのかもしれないとも思った。

大人気ないと思いつつも、自分の手の届く範囲にその身体があれば、つい抱きしめたくなってしまう。口付けながらその身体を探ると、小さく照れたように『嫌だ』と口にはするものの、千央は決して激しい抵抗をしようとはしない。それをいいことに、自分は少し急ぎすぎていたのかもしれない。

あんなに怖がられるとはな…。

初めて千央を抱いたとき、勝手な思い込みで傷つけたのは他ならない啓吾自身だったから、千央がそうした行為に今だ不安や恐れを感じるのも当然のことだし、もちろん千央がその気になってくれるのを気長に待とうとも思っている。

だからこそ啓吾からは強引に誘ったりしないでいたのだが、千央が雷を理由に自分からベッドに入

り込んでくるときは、それが千央からの控えめな許しのように思えて、だんだんとその身体を探る手は、深くきわどいものへと変化しつつあった。

しかし最近になって、もしかしたらそれは自分だけの早合点だったのかもしれないと、感じるようにもなってきた。

千央は啓吾の腕の中にいると、普段の気の強さが嘘のように、ひどく従順になる。口だけは相変わらず、松本に負けず劣らずかなり鋭いところを突いてくるが、その身体は決して啓吾に逆らおうとしない。まるで自分の上から、嵐《あらし》が通りすぎるのを、ただじっと待っているかのように。

もちろん千央が自分を慕ってくれているのはちゃんと伝わってくるし、眠りにつく前、啓吾の背中に抱きつきながら、照れたようにこっそり小さく『……好き』と呟く、その気持ちに偽《いつわ》りはないのだろうと分かる。そのたび、自分は天にも昇るほどの幸せを感じているくらいだ。

けれども、だからといって啓吾に自分の全てを預け、また全てを受け入れられるかというと、それは別の問題のように思えた。それは身体的にも、精神的にも。

人懐っこいくせに、千央はどこか人と深くかかわることに、臆病な面があるようだ。その為、啓吾の前で自分の弱みを見せたがらないし、こちらに頼りきることもない。それはこれまで、姉である響子と二人きりで苦労してきた経験が、そうさせているのかもしれないけれども。

人に流されることをよしとしないくせに、妙なところで義理堅く、人から受けた恩義には少しでも報いようとする。そんな千央の一本通った性格にひどくひかれているくせに、啓吾に全てを預けて、甘えようとしない頑《かたく》なな千央に、焦りを感じることもある。

保護者であり、恋人でもある自分ぐらいには、弱みを見せて甘えてくれてもよさそうなものだと思っているのだが。バイトの件にしてもそうだ。姉の響子や松本を含め、友人に対しても、それとなく相談を持ちかけたりしているようなのに、なんだか千央は自分の前でだけは、ひどく頑なに意地を張り続けているようにも見えた。もしも、千央が啓吾へ小さく好きだと告げるその裏で、ただ恋と好意を取り違えているのだとしたら、全てを預けきれないでいるその気持ちもなんとなく理解できる。

焦らないで待つと決めたものの、最後の一線になると千央がかなりの抵抗を見せるのも、そういうことなのではと、密かにそんな恐れも抱いているのだ。仏頂面のその裏で、こんなことを思っているのが松本にばれたら、『鬼の霍乱《かくらん》ですか』とまたひどく呆れられそうだが。

もしかしたら自分は、千央の人恋しさにつけ込む形で、無理をさせてしまっているのではないだろうか。

そんなわけはないはずだと、自分自身に言い聞かせながらも、払いきれない不安を抱えたまま、啓吾は窓の外に浮かぶくっきりとした月をきつく睨んだ。

風呂上りにだだっ広いリビングで、見るともなしにつけたテレビをぼーっと眺めていた千央は、突然頭の上から降ってきたタオルに、ビクッとその場で飛び上がった。

「わ、びっくりした」

「そんな格好でうろつくんじゃない。髪もすぐ乾かさないと、風邪をひくといつも言っているだろう」

いつの間にきたのか、背後に立ち塞がった啓吾が、わずかばかり顔を歪めて立っていた。どうやら千央の髪が半乾きなままでいるのを見て、新しいタオルを持ってきてくれたらしい。

「ありがと」

素直にタオルを受けとりながらも、千央は啓吾も今風呂から上がってきたばかりであるのに気がついた。少し湿った色をした黒い髪からは自分と同じ、シャンプーの香りがする。それだけでなんだかドキドキしてしまう。

「ああ…そうだ、今週末私は博多まで出かけることになってるから、戸締りはしっかりな。もし一人ではつまらないなら、本家の方にでも遊びにいってくるといい」

「それはいいけど……。もしかしてまた出張なの？　なんかここ最近多くない？」

「そうだな。ちょうど時期的にも色々と重なってくる頃だからな……お前も土日は、バイトがあるのだろう？」

「う…ん。まぁそうだけど…」

しぶしぶと頷きつつも、千央としては納得がいかずに唇を尖らせた。

確かにこのところ、千央もバイトを増やしつつある。もともと短期間だけのつもりだったバイトを、本格的に続けることにしたのは、今のバイト先が楽しいということもあったが、最近ではそれよりも時間潰しのような部分が増えてきてしまっていることに、千央は自分で気がついていた。

なにしろ、最近の啓吾は帰りが遅いのだ。

夕食はなるべく家で摂るようにしてくれているようだが、それでも以前のように八時きっかりに上がってきて、千央と一緒に食卓につくということも少なくなった。

会社で重要なポストについているのは知っていたから、いつまでも自分にばかり合わせていられないことは十分承知しているが、それでもやはり寂しいと思う部分はある。それに土日も休めずに、こう出張が続いているのでは啓吾の身体の方も心配だった。

まぁ……千央がここへくる前は、このマンションにマル一人だけが残されていることも少なくなかったと聞いているから、仕事の虫だった以前よりはだいぶ改善されているのかもしれないが。

休みが少なくなりつつあることは、松本もかなり心配しているようで、啓吾のいないときにこっそり『たまには我が侭でも言って、千央さんから少し強引に休みをとらせるようにしてみたらどうですか？』などと、秘書らしからぬ発言をされたくらいだ。

「髪はきちんと乾かしてから、休むようにしなさい」

相変わらず感情がよく読みとれない無表情のまま、啓吾は『おやすみ』と告げると自室へと戻っていった。これからまたしばらく、持ち帰ってきた仕事を消化する気なのだろう。

大きな背中を見送りながら、千央は静まり返ったリビングのソファで、ごろりと横になった。だいたい、このマンションが広すぎるのもいけない。日あたりのいいリビングは、ベランダに続くサンルームともつながっており、ゆうに三十畳近くある。部屋数自体はそう多くはないものの、そのひとつひとつがゆったりとしたつくりになっていて、一人でいると落ちつかないのだ。

だからこそ、啓吾が遅くなりそうな日は、つい自分もバイトを臨時で入れたりもしてしまうのだろう。

「博多か……」

修学旅行以外、ほとんど関東近辺から出たことのない千央には想像がつかないが、九州での仕事ともなれば、当然日帰りというわけにはいかないのだろう。多分また泊まりになるのは、目に見えている。

それにちっと小さく舌打ちをして、勢いよくソファから起き上がった千央は、啓吾のあとを追うように、廊下の奥へと進んでいった。奥にある啓吾の寝室兼仕事部屋はドアが開いて、そこから明かりが漏れている。

マルが自由に出入りできるように、いつも少し開けてあるドアからそっと中を覗き込むと、パソコンの前でなにやら書類を広げている背中が、目に飛び込んできた。

男二人で寝てもそれほど苦にならないような大きなベッドの上では、その部屋の主人の代わりに、マルがでんと横たわって毛繕いをしている。

「どうしたんだ?」

風呂上りで前髪がおりているせいか、いつもよりラフな感じがする啓吾に振り向かれると、それだけでドキリと胸が高鳴った。

「ええと、まだ寝ないの？」

「ああ、持ち帰ってきた分の整理が、まだついていないからな。気にせずお前は先に休みなさい」

それだけ言うと、啓吾は再びパソコンへ向かってしまう。

そんな風に言われてしまえば、それ以上食い下がることもできずに、千央は言葉を捜して黙り込むしかない。仕事中だと告げる男の邪魔をする気はないが、最近は朝食のとき以外に顔を合わせることも少なくて、このまま寝てしまうのは惜しかった。

ちぇ……。今すぐ雨でも降ってくれれば、楽なのに。

今夜は窓越しでも星が見えるほどよく晴れ渡っていて、雷の心配などしなくてもいいはずなのに、今はなんだかそれがかえって悔しく感じられる。理由もなく自分からそのベッドにもぐり込む勇気はないくせに、マルだけがそのベッドで眠ることを許されているのを見ると、なんだかそれだけでムッとしてきた。

飼い猫扱いは嫌だと言いながら、その猫と張り合うなんて、バカみたいな話だが。

それに最近はずっと天気がいいこともあって、啓吾と一緒のベッドで眠らなきゃいけないこともなくなっている。つまりは……ああした深い接触も、ほとんどないというか……全くないといっても過言ではなかった。

ベッドの中では、思わず千央が尻込みするほど、しつこく追い詰めたりもするくせに、ひとたびそこから出れば、啓吾は禁欲的とも言えるほど千央へ手を出してこようとはしない。

小さなキスさえ、ここのところ交わしてないのだ。なのにまるでそんなことたいしたことではないとでも言うように、涼しげな顔で仕事に打ち込む啓吾が、少し憎らしかった。

『一緒に寝ないときは、なにもしないって決まりでもあんのかよ』と、思わずそんな恨み言まで、出てきそうになってしまう。

できるなら、今すぐその大きな背中に抱きつきたかったけれども、自分からそれをしてしまったら、今までの我慢も、譲れない部分すらも全て関係なく流されてしまいそうで、その衝動はぐっとこらえた。最後までされてしまうのは、いまだ恐れているくせに『こっちからは言い出しにくいんだから、そっちから誘ってくれてもいいだろ』などと、そんな理不尽なことまで思ってしまう。

「ねぇ、今週末の出張ってさ、やっぱり泊まりなんだろ？」

「ああ、そうだな。他の仕事の打ち合わせも兼ねてるから、前日から入るつもりだが……どうかしたのか？」

「別に…」

そっぽを向いたまま、それでもなかなか部屋からでていこうとしない千央に気付いて、啓吾が再びこちらを振り向く。気遣うようなその声へ千央は首を振り返しながらも、どうしても離れがたくて、つま先で小さく絨毯を蹴りながらちらりと啓吾を見上げると、啓吾はまるで小さな子供を見るような目でふっと優しい笑みを零した。

「もしかして、私がいないと寂しいのか？」

「……なっ。誰もそんなこと言ってねーだろ！」

人間、図星を突かれたときほど、焦って素直になれないものである。

しかも弱いところを見せたくないと、意地を張っていた相手を前にすれば、尚更だ。

「なら、お前も一緒に博多へいくか？」

「人の話を聞けってばっ」

どこか楽しそうな様子の啓吾に、からかわれていると感じてカッと頬を染めた千央は、気付けばいつもの口調できつく言い返していた。

「別に、俺は一人でも平気だって言ってるじゃんか。だいたいアンタは仕事で行くんだろ？　そんなところに俺がついていって、どうするんだよ。バイトだってあるのにさ」

言いながら、千央も頭の隅では『まずい』と感じていたが、一度滑り出した言葉は止まらない。最後には『どうせだったら、そんな慌てて帰ってこなくていいから、向こうでゆっくりしてくれば？』とそんなことまでつけ加えてしまい、口を閉じた瞬間には、自己嫌悪で沈み込みたくなってきた。

心にもないことばかり並べ立てて、いったい自分はどうする気だというのだろうか。できるなら、そんな遠くへ行って欲しくない、一日でも離れたくないと思っているくせに。

これだから、河野や松本にまで意地っ張りだと、呆れられてしまうのだろう。

気まずさや湧き上がる自己嫌悪を押し隠しつつ、強気な素振りで啓吾へチラリと視線を向けると、珍しくも啓吾は少し困ったように苦笑を零した。それに尚更、居たたまれなくなってくる。

「そうか。なら、マルの世話を頼む」

「あ…あの…さ」

しかしそれも一瞬のことで、再びいつも通りの仏頂面に戻ってしまった啓吾に、それ以上かける言葉が見つからず、千央はドアの入り口からすごすごと退散しながら、『……おやすみなさい』と声をかけた。

「ああ、おやすみ」

少しだけ開いたドアから、返される声に胸が詰まりそうになる。

あんなことが、言いたかったわけじゃないのに。

まさか舌の根も乾かぬうちから、『あれは嘘だから、できるだけ早く帰ってきて』などとは言いだせず、後味の悪さを噛み締めながらそそくさと千央は自室に戻った。

えらそうなことばかり口にしていても、いざとなると、素直に大切なことを啓吾へ伝えられないでいる自分が、本気で嫌になってくる。啓吾から誘われなければ、隣で眠りたくとも、キスをしたくとも、自分からなにひとつ動けずにいるのだ。

河野の言う通り、啓吾との関係を進展させることに及び腰なのは、いつも千央自身のくせに、いっそのこと強引にでも啓吾が先に進めてくれないだろうかなどと思ってしまう矛盾を無理やり押し込めながら、千央は自分のベッドの中に頭から潜り込んだ。

一人分の体温しかないベッドの中は、クーラーをきかせすぎているせいかさらりと冷えていて、糊の利いたシーツの感触が、なんだか尚更やりきれなかった。

リビングの窓ガラスを、突然激しく叩きつけていく雨音に千央はびくりと身体を強張らせた。風が渦巻くように吹いているせいか、時折雨の降る向きが変わり、静かになったかと思うとまた激しい音をまき散らして、ガラスに流れるような水あとをつけていく。

普段ならばその雨音を聞いただけでも、このあとに続いてやってくるであろう雷を恐れて、少しでも光が目に入らない場所へ避難するのだが、今日ばかりは千央も血の気の失せた顔をしたまま、リビングのソファにとどまっていた。

現れては消えていくテロップの警報を、ひとつでも漏らさぬ為、食い入るようにテレビの画面を見詰める。そこには次第に勢力を増して接近しつつある台風情報が、先程から途切れることなく流されていた。

関東地方へ上陸する恐れはほとんどないだろうと予測されてはいるものの、問題はその経路と大きさだ。現在、四国付近の上空をかなりのスピードで東に流れている台風は、今年何度か訪れたものの中でも一番の大きさを誇っており、すでにあちこちの交通状況に影響を及ぼしていた。

「だから出張なんてやめとけばって、言ったのに…っ」

つい独り言を漏らしながら、千央は親指の爪《つめ》をきつくギリと噛みしめる。

啓吾はおとといから、仕事で北九州へと飛んでいるのだ。なんでも新しくできたホテルのオープンセレモニーに顔を出さなくてはならないとかで、他の仕事の打ち合わせもかねて、早めに東京を発ったのが金曜の晩のことである。すでにその頃から、南からの台風が徐々に北上しているのは、天気予報でもさんざん報告されていたはずだった。

仕事なのだから、『天気が悪くなりそうなので休みます』というわけにいかないのはわかっていたけれども、なにもこんなときに仕事に向かわなくてもいいのにと思う。

人には『もしも万が一、台風の影響が出て天気が崩れたら、本家の方にいきなさい』と、深く念を押していったくせに。

まぁ……確かに当初は、台風の進路から見てこちらにくる恐れはまずないとの予報が出ており、啓吾も大丈夫だろうと踏んだからこそ、予定通り飛行機で発ったのだろうが、くるはずのなかった台風は突然進路を変えて、現在は太平洋沿岸で活発的な動きを見せている。

かなり動きが速い為、今夜遅くには関東全域も暴風域に入ると予測されており、すでにあちこちで落雷注意報や波浪警報が出されているようだった。

こちらよりも一足早く、台風の影響を受けているはずの西日本の交通情報を詳しく知りたくて、あちこちとリモコンを押してチャンネルを変えたが、被害報告や警報以外の情報がどうなっているのかが、いまいちはっきりとしない。イライラしながらリモコンを操作していた千央は、そのとき突然鳴り出した電話の子機へ飛びつくようにして、通話のスイッチを押した。

「はい、もしもしっ？」

『千央さん？　まだマンションの方にいるんですか？　いま本家の方にお電話したら、まだきていないと響子さんからお聞きしたもので、どうしたのかと…』

てっきり啓吾からの連絡だと思って慌てて出たのに、相手が松本だと知ってがっくりする。しかし松本ならば、自分などより詳しい情報を持っているはずだと思い直した千央は、受話器に縋りつくようにして口を開いた。

「もしかして、啓吾さんになにかあったとか？　あの人、予定通りに帰りも飛行機を使う気なんじゃ…」

『いいえ、それは大丈夫です。すでに九州・四国方面の飛行機は、ほとんどの便が欠航となっているようですし。今朝ホテルの方で確認したときは、副社長も帰りは新幹線に切り替えたと話していましたから…』

「それ、何時の新幹線か分かりますか？」

『ええと……十一時二十七分の博多発のぞみとなってますから……、そうですね。四時半頃には東京駅に着くはずですよ。それですと多分、五時くらいにはそちらに到着すると思いますけれど…』

五時すぎ――――。

言われてはっと壁にかかった時計を見上げると、現在は四時十五分を指している。その予定でいけば、あと一時間もすれば戻ってくるということになる。

ようやく確かな情報を手に入れて、千央は心からホッとした。啓吾のことだから心配ないのは分かっていたし、もしも天候が悪くて本当に帰れないようならば、もう一泊ホテルに泊まることも可能なはずだ。

しかし繰り返しそう自分に言い聞かせてはみても、テレビ画面から飛び込んでくるニュースを見るたび次から次へと不安がこみ上げて、ただじりじりと帰宅を待つしかなかった分、松本の言葉はありがたかった。

「松本さんも、お休み中なのにわざわざすみません。なんか…、啓吾さんに電話をかけても、ぜんぜん携帯がつながらないし、もしかして予定通り飛行機に乗ってくるつもりだったらどうしようかって思って…」

『ああ、それは申し訳なかったですね。新幹線の中では電話の電源を切っているのかもしれないですし、たとえ電源が入っていてもこの天気じゃ、つながりにくいのかもしれませんね』

「そう…ですね」

言われてみれば確かに、公共の場では電源を切るのがマナーだろう。そんなことにも気付かず、なんで携帯がつながらないのかと本気でイライラしていた自分は、かなり焦っていたのかもしれない。

『それよりも、副社長は千央さんの方を心配なさってましたよ。自分から言えばまた口うるさく聞こえるかもしれないから、私の方から確認してくれって念を押されましてね。それで本家の方に電話を入れたんですけれど…』

啓吾のことだ。きっと千央には気付かれないようにしろと言い含めてあっただろうに、忠告を無視してその過保護ぶりをあっさりと暴露してくれた松本の気遣いにも、感謝したくなった。

啓吾は自分ではそうとは言わないけれど、こうしていつも千央のことを気遣い、大切にしてくれている。その不器用な優しさが、嬉しかった。

あんな人、他にはいない。

「ちょうど台風の真っ只中にいて、心配されなきゃなんないのは、自分の方なくせに、なに言ってるんだか…」

そんな憎まれ口を叩きながらも、千央の声がかすかに震えているのに気付いたのか、松本は受話器越しに低く笑って『啓吾さんなら大丈夫ですよ』と言い聞かせてくれた。

『台風が本格的にこちらへくるのは今夜遅くのようですから、それまでには副社長もお戻りになってるとは思いますけど。それまでそこで一人で待っているのは心細いでしょう。かなり雨も激しくなってますし、なんなら今から車で迎えにいきましょうか？』

「え…いや、いいですって。松本さんまでへんなところで、過保護に扱わないでよ。あと一時間もすれば啓吾さんも戻ってくるんだし。平気、平気」

啓吾同様、自分を気遣ってくれるのはありがたいが、松本にとっても今日は久々の休日のはずだ。わざわざこんなことぐらいで、呼び出すわけにはいかないだろう。

相変わらず外では雨がひどく降り続いているものの、別に今すぐ雷が激しく鳴り出すわけではないし、本当に耐えられなければ、とっとと自分から姉のいる家にでも避難している。

それでもここに残っていたのは、啓吾が帰ってくるのを待っていたかったから。できるなら、ここでちゃんと出迎えてやりたかったからだ。

啓吾が戻ってくるまでにはまだ時間があったが、それでも先ほどまでのようにイライラして待たなくていい分、気分的にはずっと楽だった。

千央は松本にお礼を告げて電話を切ると、ソファに伸びているマルの隣で、主人の帰りを待つ猫のように小さく丸まって、膝を抱えた。

横殴りに降る雨音は、ますます激しさを増している。それでも啓吾があと少しで戻ってくると聞いただけで、不思議と安心感を覚えている自分を現金だなと思いつつ、苦笑をこぼした。


けれども予定の時間をいくらすぎても、啓吾は戻ってこなかった。

リビングでただうずくまっているのにも焦れて、そろそろくるはずだからとマルを連れて玄関先へ移動してみたが、いつまでたっても玄関のチャイムが鳴る気配はない。

腕の中でずっと抱かれていたマルは、さすがにじっとしているのに飽きたのか、大きい伸びをひとつして千央の腕から抜け出ていってしまった。

「なんだよ。お前のご主人様が戻ってきてないっていうのに、それ薄情だろ…」

小さく文句をつけても、もちろん答えを返してくれるものはいない。

相変わらず窓を叩きつける激しい雨音だけは、マンション内に絶え間なく響き渡っていたが、それ以外はシンと静まり返っていて、怖いくらいだ。

玄関先で長く座り込んでいたせいか、それとも抱いていたマルが逃げ出してしまったからなのか、嫌な寒気を感じてのそりと立ち上がった千央は、リビングへと戻ると再びテレビのスイッチを入れる。

ブラウン管の向こう側では先ほどと同じく、だんだんと関東方面に近づきつつある台風の情報を流し続けていた。

さまざまな警報や注意報の他に、交通情報なども時折入ってはくるものの、たった今啓吾の乗っている新幹線がどうなっているかまではは っきりしない。どうやらかなり本数を減らしてはいるものの、運行自体は続いているようだった。

なのになぜ、啓吾は戻ってこないのだろうか。

運行本数が少ないせいで、もしかして座席がとれなかったのかもしれないとか、天候のせいもあってただ遅れているだけだろうとか、さまざまな推測が頭に浮かびはするものの、なんだかどれもあたっていないような気がしてしまう。

テレビの台風情報を眺めたり、少しでも音がすると慌てて玄関に向かったりと、リビングと廊下をいったりきたりしているうちに、せっかく収まっていたはずの焦りがじわじわとこみ上げてきて、いてもたってもいられない気分になってきてしまった。

もう少しすれば、お土産に頼んだ明太子を手にした啓吾が、ひょこりと帰ってくるかもしれない。あとちょっと待てば、あの低くよく響く声が『ただいま』と玄関を開けてやってくるかもしれない。

あと少しだけ、待ってみよう、あともう少しだけ……。

自分を落ちつかせるように、そんな言葉を繰り返しているうちに、気付けばとうとう一時間以上も時間がすぎてしまっている。けれどもどんなにじりじりしながら玄関の扉が開くのを待っていても、相変わらずそこは静かなままで、マンションの中には自分の他にマルしかいない。

激しい雨音で外界から遮断されると、なんだかまるで世界に一人と一匹だけ、とり残されたような気分にまでなってきてしまう。

……どうしよう。

こんなときに限って、嫌な記憶ばかりが脳の底から湧き上がってくるから不思議なものだ。それに一生懸命蓋《ふた》をしようと試みるけれども、思い出したくないと思えば思うほど、記憶はくっきりと浮き彫りにされていくような気がする。

まるで友人達と肝試しをしようとしたとき、暗闇で一人ぼっちになった途端、昔聞いた幽霊の話を思い出してしまうみたいに。

考えたくない。考えたくはないけれど……。

どうしよう――もしもこのまま、啓吾が帰ってこなかったら。

そう意識してしまった瞬間、心臓を冷たい氷柱で刺し貫かれたような衝撃を感じて、ぞっと全身の皮膚が鳥肌立った。

そんなバカなことがあるはずない。ありえないと慌てて自分に言い聞かせても、一度頭の中に住みついてしまった暗い想像は、なかなか消え去ってくれない。千央の場合、似たような記憶があるせいか、尚更リアルにその情景は頭の中へと浮かび上がってきた。

ずっと前にも、こんなことがあった。

あの時も……今と同じように、千央は雨の音と雷の音に震えながら、たった一人、玄関先で蹲っていたはずだ。

もしも啓吾になにかあったのなら、ここへ連絡が入るはずだし、なによりも松本が黙っているはずがない。なるべく冷静さを保とうとして、懸命に平気だと思える根拠をいくつか探し出しても、ざわめき出した心は一向に治まる気配がない。

どっと血が下がったように全身が冷え、自分の周りの世界を遠く感じるのに、ドクドクと脈打つ心臓の音だけは強く伝わってくるのを不思議に思う。いつの間にか胸元できつく握《にぎ》りしめていたらしい手のひらを開いて口元を覆った時、自分の指先がカタカタと震えているのに、千央はそのときはじめて気がついた。

その間も、嫌な想像ばかりが浮かび上がっては、不安の種をまき散らし、千央の心を掻き乱していく。

どうしよう、――――もしも啓吾が、消えてしまったら。

もう、名前も呼んでもらえない。あの手が自分に触れてくることもない。二度と視線を交わすことさえできなくなるのだ。

「……っ」

瞬間、息が止まるかと思った。

別にそうだと決まったわけではないのに、考えただけで胸のあたりがぎりぎりと激しく痛み、座っていることさえおぼつかなくなる。血液が逆流したかのように心臓が脈打ち、その激しい動悸《どうき》に眩暈すら覚えた。

「……嫌……だ」

あの人を、なくしたくない。

啓吾と暮らす日々の中で、ふとそんな思いに捕らわれることはこれまでにもあった。けれどもこれほどまで強く、心から願ったことはなかったように思う。

ここでただずっと蹲っているうちに、大切なものが手の中をすり抜けていくのを、ただ黙って待ってなどいたくなかった。

啓吾を失いたくないとそう強く思った瞬間、千央はなにかに急かされるように立ち上がり、目の前の靴《くつ》に足を入れていた。そうしていつまでたっても開くことのない扉を、自分で内側から押し開ける。

突然立ち上がって慌ただしく動き出した千央に、マルが小さく『ニャア』と鳴いたが、千央は振り返ることもなく外へと飛び出した。

居住者専用のエレベーターのボタンを押して箱に乗り込むと、いつもはスムーズに感じられるその動きが、なぜだか今日ばかりはのろく感じられて、イライラしながら一階に降り立つ。

広々としたエントランスを足早に横切り、居住者専用の内扉を開いてその先にある自動ドアへと急ごうとしたとき、千央とも顔見知りの管理人が『こんな天気に、どこにいかれるんですか？』と驚いたように声をかけてきた。

「あ…の、俺、人を迎えに…」

「これからですか？　ならタクシーを呼びましょうか？」

「いえ、すれ違ったりすると困るので…」

「でも…そのままじゃずぶ濡れですよ。これからもっと、激しく降り始めるみたいですし」

言われてはっと気付いたのだが、啓吾を迎えにいくはずが、千央は傘一本すら手に持っていない。慌てて部屋まで戻ることも考えたが、焦っている今はともかく時間が惜しかった。

そんな千央の逡巡に気付いたのか、管理人は扉の脇《わき》にある部屋の中から傘を一本とり出すと、『こんな天気じゃ、あまり役立たないかもしれませんけど。ないよりはましでしょうから』と手渡してくれる。それにありがたく礼を言って傘を借りると、『気をつけて』と送り出してくれる管理人に頭を下げつつ、その先にある自動ドアをくぐった。

外に一歩踏み出すと、途端に横殴りの雨が激しく吹きつけてくる。大粒の雨と強風にあおられながらも、千央は次第に小走りになっていく足の歩みに任せながら、ただ一心に駅へと向かって進んでいった。

その頭上で、ゴロゴロと低く轟き始めた雷鳴が近づきつつあったが、それすらも今の千央の耳には、届いていなかった。


すっかり暗くなった東京駅に降り立った啓吾は、待たせておいた車に乗り込むと、長い時間拘束されていた身体の強張りをとるように、深くシートへと凭れ込みつつ軽く目を閉じた。

飛ばなくなった飛行機の代わりに、新幹線を選んだまではよかったが、本来の到着予定時刻から、すでにかなりの時間がすぎている。

普段乗り慣れないものに長時間座っているのは苦痛だったが、それでもこれで千央の顔を今日中に見られるのだと思えば、そう辛くもなかった。落雷の影響で、乗っていた新幹線が途中で一時ストップしたときには、やはりホテルでもう一泊してくるべきだったかと後悔しかけたが、大幅に遅れながらも今日中に戻れたことで今はホッとしていた。

もう二日も千央の顔を見ていない。出かける前は、まさかこれほど台風の影響を受けるなどと思いもせず、気楽な気持ちで出かけてしまったが、もしも初めからこんな天気になると知っていれば、意地でも出かけずにいただろう。

すでに関東地方も暴風域に入り始めている為か、車の中にいても叩きつけてくる雨風の激しさは十分に伝わってくるし、千央の苦手な雷鳴も遠く聞こえている。千央には天気が崩れる前に本家の方へいくように言い含めてあったが、今頃さぞかし心細い思いをしていることだろう。

迎えに行くのは明日の朝、落ちついてからにした方がいいのだろうが、せめて声だけでも聞きたいと、啓吾はとり出した携帯に電源を入れ、実家の番号を押した。

しかし電話越しに啓吾の耳に届いてきたのは、待ち望んだ千央の綺麗な声ではなく、どこか不安げな響子のものだった。

「千央がそちらにいっていない？」

『ええ。……ほら、あの子昔からこういう天気は苦手だし、啓吾さんもいないと聞いてましたから、一応心配になって何度か電話をしてみたんです。でも、さっきから繋がらなくて…。もしかしたら頭から布団をかぶって、寝ているだけなのかもしれないんですけど』

告げられた言葉の内容に衝撃を受けた啓吾は、『これから戻りますので、あとでご連絡します』とだけ答えて電話を切ると、慌ててマンションの方へと電話を入れてみたが、コール音が鳴るばかりでやはり誰も応えない。

痺《しび》れを切らして切りかけたとき、ようやくプツリとコール音が途切れたことに気付いた啓吾は、慌てて携帯を持ち直した。

「もしもし、千央か？」

『副社長ですか？』

応えたのは千央ではなかったものの、そこに松本がいると知ってホッと息を吐く。どうやら一人でマンションにいる千央を心配して、顔を出してくれたらしい。

しかしホッとしたのもつかの間、次の松本の一言に、啓吾は再び凍りついた。

『千央さん、副社長と一緒じゃないんですか？』

「なにを言ってるんだ。こっちは今さっき駅に着いたばかりだぞ。お前こそ、千央と一緒にいるんじゃないのか？」

『いえ、先ほどお電話したとき、千央さんはもう少しであなたも戻るから、ここで待ってると言ってたもので……。それでも気になって一応伺ってみたんですけれど、部屋の中には誰もいらっしゃらないようでしたし、てっきり一緒にどこかへ出られたのかと…』

「千央は？　そこにはいないのか？」

『ええ、一応全ての部屋を今覗いてみましたが、どこにも』

松本と話を続けながらも、啓吾は背中に冷たいものが流れ落ちていくのを感じていた。

千央がこんな天気の中、自分から出かけたがるとは思えない。そうじゃなくても雷に対しては、過剰なくらい敏感なのに。

『玄関先に、いつも千央さんが履いている靴がないところを見ると、本家の方に出かけられたのかもしれませんが…』

「今、そっちには電話をかけて確認したばかりだ。本家の方にはいっていない」

『そうですか……』

まさかこんな日に、千央が一人で出かけるとは松本も思っていなかったのだろう。いつもソツのない優秀な男だが、今回ばかりはこの失態を苦く思っているようで、『とりあえず、こちらでも心当たりを探してみます』と告げた口調は、いつもの穏やかさが欠け、かなり硬いものになっていた。

ともかくもう一度本家へ電話をかけて、もしも千央がそちらに向かっているようなら、着いたらすぐに知らせてくれるように頼み込むと、響子は突然涙を押し殺したような震えた声で、小さく『ごめんなさい』と謝った。

『ご迷惑おかけしますけど、よろしくお願いします。……男の子なんだし、高校生にもなって、少し過保護すぎるのは分かっているんですけど、心配で……』

「いえ、気持ちはわかりますので」

『両親が……事故で亡くなった日も、ちょうどこんな日だったんです。ちいちゃ……千央はまだ小学生だったんですけど、私はちょうどそのとき高校の合宿で家を空けていたので、警察からの電話を受けたのも、近所の方と一緒に遺体確認に出かけたのも、あの子で……』

「そう、だったんですか」

千央たちの両親が、幼い頃に事故で亡くなったのは知っている。反対車線からスリップして飛び込んできたトラックと正面衝突した為、二人とも即死状態だったらしいと聞いてはいたが、そんな経緯があったとは知らなかった。

『あの子はまだ小さかったたし、やっぱり衝撃も大きかったんだと思います。もともと雷とか苦手だったんですけど、それ以来本当にダメになってしまって……』

電話越しの響子の声をどこか遠くで聞きながら、啓吾はぎりと強く奥歯を噛みしめた。

まさか千央の雷嫌いに、そんな深いトラウマがあったと思ってもみなかったのだ。

千央の恐れはもっと単純に、本能的なものだろうと思い込んでいた啓吾は、自分の甘さに臍《ほぞ》を噛むような気持ちで、握りしめた手のひらに力をこめた。

あの気の強い千央が、逃げ出すほどに嫌がっていたのを知っていたのに。

窓の外では雷雨がますます激しさを増してきているようだ。アスファルトに固められ、行き場を失った雨水たちは、対向車が行き交うたびにバシャッと大きな音を立てて、車のボディに跳ね上がっては流れ落ちていく。

こんな中をいったいどこへ……と、苦い思いで外へ視線を向けた啓吾は、すでにマンションへほど近い場所まで車がきていることに気付き、ともかく一度マンションへと戻って、千央の親しい友人に連絡をとってみることに決める。

しかしマンションにたどりつく前に、再び松本から携帯へと連絡が入ってきた。

『マンションの管理人が、下のエントランスで千央さんと会ったと言ってます。どうやらやっぱり一人で、出かけられたようですね…』

「それはいつ頃の話だ?」

『二時間くらい前だそうです。妙に青白い顔をしているので呼び止めたら、人を迎えにいくって…慌てて出ていかれたみたいで』

「クソッ」

そこで気がついたのなら、こんな日に出歩くのは危険だと、どうして千央を引き止めてくれなかったのだと、おかど違いな恨み言まででてきてしまう。

低く吐き捨てた啓吾に構わず、松本は更に言葉を続けた。

『人を迎えに……というのは、多分あなたのことだと思います。ひどく心配なさってましたから。もしかしたら、東京駅に向かったんじゃ…』

最後まで聞き終わらぬうちに、啓吾はきた道を再び戻ってもらうよう運転手に指示を出していた。

マンションを目の前にしての突然の変更に、運転手は一瞬戸惑ったようだが、長年海東の家と契約を交わしている彼はすぐに、マンションへ続く道とは別の方向へ進路を変えてくれた。

もしも千央がなかなか帰ってこない自分を心配して、駅へと向かったのなら、それは自分のせいだという自責の念が沸き上がる。きっともう本家へ行っている頃だろうと勝手に決めつけずに、ちゃんと確認をするべきだった。

もしくは、電話一本でもいいから、遅れることを千央へ伝えるべきだったのに。

「…待て、とめてくれっ!」

車の窓から激しく流れ落ちていく雨を眺めていた啓吾は、千央がよくいく近所のコンビニの軒先を通りすぎたとき、そこに見知った影を見つけたような気がして、慌てて声を張り上げた。

一瞬のことだし、激しい雨に掻き消されてよく見えなかったが、あれは千央だったと啓吾はどこかで確信していた。自分が千央を見間違えるはずもない。

「千央っ！」

急停止した車のドアを開け、濡れるのも構わず車を降りた啓吾が名前を呼ぶと、通りの向こう側でその影が小さく揺れた気がした。

「千央！」

弾かれたように濡れた顔を上げたその人は、激しい雨の中で小さく自分の名を呼んだ気がした。

「け…ご…さん？」

その瞬間、啓吾は雨が激しく跳ね上がる車道を強引に横切るようにして、反対側に位置するコンビニへ向かって走っていた。

一瞬、カッと街全体が真昼のように明るく映し出され、わずかに遅れて激しい雷鳴が鳴り響く。

「………っ」

それに、小さな肩がビクリと震える。雷光に照らし出された表情は、色をなくしたように青ざめていた。

「千央！　なんでお前は、こんなところで……っ」

「よかった…会えて…」

駆け寄ってきた啓吾の姿に気付いたのか、千央は呆然《ぼうぜん》とした様子のまま小さく声を漏らした。

いつからここにいたのか知らないが、その全身はびっしょりと濡れそぼっている。

「どうしたんだ？　どこか動けなくなるような怪我でもしたのか？」

有無を言わせずその腕を強く掴んで引き寄せると、啓吾は千央の身体のどこにも怪我などないか確かめるように、あちこち触れて確認する。

心配したような怪我は見あたらずにホッとしたが、今度は首筋や頬はもちろん、その指先までひどく冷え、震えているのが気になった。

「バカッ、こんな天気の中に出歩くなんて…、なにを考えているんだ！　そうじゃなくても雷だって鳴ってるだろう！　なんでこんなときに、こんなところで…っ」

「ごめ…ん。あの、俺、け…ごさん、駅まで迎えにいこうと思って…。アンタ、いつまでたっても帰ってこないから…。帰ってこないから……なんかあったのかと思って…」

それまでの緊張と、不安と、ホッとしたのがごちゃ混ぜになり、頭ごなしに怒鳴りつけると、千央はビクリと身体を震わせた。

こんなときまで千央を怖がらせてしまう自分に、啓吾は激しく嫌悪感を覚えたが、今はともかく千央の無事に誰ともなく感謝したい気分だった。

「でも…、駅でずっと待ってても、ぜんぜんこないし…。よく考えてみれば……そうなんだよね。啓吾さん、いつも車だし…」

そのことに思いあたった途端、急に気が抜けてしまって、ともかく一度マンションへ戻ろうとしたのだが、その途中で激しく鳴り出した雷のせいで動けなくなってしまったのだと、途切れ途切れに説明する千央の言葉に、ぐっと強く奥歯を噛みしめた。

こんな中を出かけるなんて、千央にとってはなによりも一番怖いことだったろうに、そんなことに構いもせず、ただ啓吾の身を案じてくれていた千央がいじらしく思えてならなかった。

今すぐ、きつく抱きしめたい衝動に駆られたが、それは歯を食いしばったままじっと耐える。

ここでまた、怯えさせてしまうわけにはいかない。

「ともかく、車に乗りなさい。そんなずぶ濡れでは風邪をひく」

触れていた腕を身を切る思いで離し、先ほど渡ってきた車道へ戻ろうと、啓吾が千央に背中を向けた途端、ドンとなにかがぶつかってくる。そのまま振り向く間もなく、細い腕に背中からぎゅっと強く抱きしめられた。

「千央…?」

恐る恐る振り返ると、千央が啓吾の背中に顔をうずめるようにして、しがみついているのが目に飛び込んでくる。

背中から回されてきた腕は、啓吾を抱きしめたまま小刻みに震えていた。

「……よかった、…帰ってきてくれて……」

激しく続く雨と轟音の中で、ポツリと小さく呟かれた千央の言葉を耳にした瞬間、啓吾は自分の中にある理性が音を立ててちぎれていくのが分かった。千央の腕をするりと解いた啓吾は、その身体を自分の前へと引き寄せ、腕の中にきつく絡めとる。

「千央」

また怖がらせるかもしれないとか、大人の分別とか、そんなものはもうこの際、どうでもよかった。

千央は突然荒々しく抱きしめてきた啓吾に一瞬、驚いたようにされるがままになっていたが、やがて自分からも縋りつくようにきつく抱きしめ返した。

まるで、離れることを恐れるように。

「………どっか、いかないでよ…」

雨音と、鳴り響く雷鳴に掻き消されそうなほどの小さな囁き。

それが千央の見せた、精一杯の甘えなのだということを、啓吾は悟った。こんな風にぎりぎりのところでしか人に甘えることのできない千央が、切なく、そして愛《いと》おしかった。

誰かを深く想うとき、掻き毟《むし》られるような胸の痛みを甘く感じることがあるなんて、生まれてはじめて思い知る。

千央が望むのならば、きっと自分はなんでもするだろう。なんでもしようとしてしまうだろう。

その小さく切実な願いに頷く代わりに、啓吾はただ強く、目の前の小さな身体を抱きしめ続けていた。

マンションのエントランスへ車がたどりつくまでの間、千央は啓吾の腕にしがみつくように、ずっとその身体へと凭れていた。啓吾は濡れて冷えた身体を気遣ってか、自分の着ていた上着を脱いで千央の肩へとそれをかけると、携帯で連絡をとり出した。

その間、ずっと重ね合わせるように握りしめられていた手のひらからは、暖かなぬくもりが伝わってきて、今頃になってようやく千央は啓吾が本当に帰ってきたことを、じんわりと実感する。

普段ならば人目のある場所で手をつなぐなんて真似は決してしないし、啓吾にもさせないのだけれど、今日ばかりはそのぬくもりから離れがたくて、絡んだままの指先を解けないまま、千央は啓吾に連れられるようにしてマンションのエントランスを潜り抜けた。

啓吾から状況を聞かされていたのか、玄関先で大型のバスタオルを手に待ち構えていた松本は、千央を目にしてホッと息を吐きながら、『おかえりなさい。無事でよかった』といつもの穏やかな笑みを浮かべてくれた。

「お風呂に湯を張っておきましたので、そろそろ入れると思いますよ。早く濡れたものを脱いで、温まらないと……」

しかし松本が早く風呂場へいくようにと勧めても、千央は玄関先で立ち尽くしたまま、動き出せずにいた。それどころか握りしめた指先を、離したくないとばかりにぎゅっと力をこめると、啓吾はわずかに首を傾けてみせた。

「千央、どうかしたのか？」

「……啓吾さんは？　一緒に入んないの？」

小さく尋ねると、啓吾は一瞬面食らったような顔を見せたが、やがて困ったように小さく苦笑をこぼしながら、空いている方の手で濡れた千央の前髪を掻き上げてくる。

「私はまだ連絡を入れなくちゃならないところもあるし、お前ほど濡れていないから大丈夫だ。ここで待っているから、早く入ってきなさい。そのままじゃ本当に風邪をひくぞ」

諭《さと》すように低く囁かれ、しぶしぶとその手を離す。できるならばつないだその手を、もう二度と離したくはなかったのだが、『ここで待っているから』と言ってくれたその言葉を信じるように、風呂場へ向かった。

せっかく傘を借りていったはずなのに、あの嵐の中ではほとんど役に立たなかったようで、全身濡れねずみみたいな姿のまま広い脱衣所で服を脱ぐ。

夏場とはいえ長い時間、雨風に晒《さら》されていれば、やはり体温は奪われていくのだろう。かすかに震える指先で濡れた服をはごうとしても、張りついたシャツやジーンズからうまく手足が抜けず、全てを脱ぎ捨ててようやく風呂の浴槽に沈み込んだときには、どっと疲れが出ていた。

ややぬるめに設定されたお湯が、心地よく肌になじむ。

自然採光を計算して作られているため、風呂場からは四角くくり貫かれたような形の中庭が望めるようになっていたが、そのガラスにも今日ばかりはいくつもの雨の筋ができている。遠くでは雷鳴が休みなく轟《とどろ》いており、相変わらず外の嵐は激しく荒れ狂っているようだったが、今はもう啓吾がこのマンションの中にいると思うだけで、千央は自分でも信じられないほど穏やかな気持ちになれた。

「うわ…、やっちゃったよ……」

そうして身体がゆっくりと温まっていくにつれ、だんだんと落ちつきをとり戻してみると、啓吾にはもちろんのこと、松本や響子にまで多くの心配をかけてしまったことにようやく気がついて、千央は恥ずかしさに顔を赤らめた。

しかも風呂に入る前など、啓吾と離れがたくて、まるで子供のような駄々《だだ》を捏《こ》ねてしまった。啓吾にはできるだけ甘えたくない。自分の足で自立していたいとえらそうなことを並べ立てていたくせに、いざとなるとべったりと頼りきっている弱い自分に呆れてしまう。しかもそれを、松本にまで見られてしまったのだ。

できるなら、このままずっと風呂場に立てこもっていたい気分だったが、啓吾も雨でかなり濡れていたことを思い出せば、そうもいかずに慌てて身体を洗う。そうして再び沈み込んでいた浴槽から身体を引き上げると、千央は脱衣所のバスタオルで手早く身体をぬぐい、傍に置いてあったバスローブに袖《そで》を通した。

ともかくまずは二人に心配させてしまったお詫《わ》びと、迎えにきてくれたお礼を言わなくてはならないだろう。そう意を決して脱衣所を出た千央は、そのまま電気のついたリビングへと向った。

「あれ、松本さんは？」

「ああ、これ以上天候が崩れる前に帰るって、とっとと出ていった」

「そう…」

しかしすでに松本は帰ってしまったあとだと知り、がっくりと力が抜ける。せっかくの休みの日だというのに、なんだか松本には悪いことをしてしまった。

さっそく持ち帰ってきた仕事に目を通しているのか、啓吾はリビングのガラステーブルの上に広げられた鞄《かばん》からなにやらとり出しつつ、タオルで濡れた髪をぬぐっている。その様子に慌てて『あの、先にお風呂ありがとう。啓吾さんもすぐ入ってきなよ』と勧めると、啓吾は『ああ』と頷きながらソファから立ち上がった。

「それは、お前にだ。好きなものをとりなさい」

「え？」

なんのことかと指し示されたテーブルの上を覗き込んでいるうちに、啓吾はすたすたとリビングから出ていってしまった。見れば鞄からとり出された紙袋の中には、ぎっしりと色々な物が詰まっているようだ。

「なんだよ…、これ」

包みの一番上には、千央が土産として頼んだ明太子の箱が入っていた。しかしその下には、博多ラーメンだの、モツ煮込みセットだの、水炊きだの、他にもぼろぼろと名産品と思われるものが出てきて、唖然《あぜん》とする。

さすがに博多人形までは出てこなかったものの、最後には……多分これも、その土地特有のものなのだろう、『高取焼』と書かれたシールのついた湯のみ茶碗が出てきて、千央は思わず目のあたりを手で覆った。

土産を選ぶにしたって、ほどがある。

前回、啓吾が大阪へ出張したとき『土産はなにがいい？』と聞いてきたので、冗談半分で『会津屋のたこ焼き』と言うだけ言ってみたことがある。よくテレビや雑誌などで紹介されている、ソースなどつけない老舗《しにせ》の味というのが気になっていたので、つい口をついてしまったのだが、まさか本気で啓吾がそれを買いにいくとは思ってもみなかった。

見るからにエリートといった感じの啓吾とたこ焼きなんて、どう想像しても結びつかない。なのに本気で店を調べて、仕事の合間に買ってきてくれたことに千央はいたく感激し、心から喜んだ。

たこ焼きを食べられたことよりも、そこまでしてくれた啓吾の気持ちがなにより嬉しかったから。

もしかしたら、それが啓吾に土産物を選ぶ楽しみを覚えさせてしまった一因なのかもしれないが、まさかこんなにたくさん、土産を揃えてくるとは思いもしなかった。

わざわざ時間をかけて買いにいかせてしまったことに反省したからこそ、今回はどこでも買えそうな明太子を要求したのに、これでは意味がないではないか。

「なんだかな……もう。こういうとこ、ほんと敵わないよ……」

デザイナー特注だという高そうなスーツを当然のように着こなし、ぴかぴかに磨かれた靴を履いて、ところ狭しと並べられている名産品の前で、品物を吟味《ぎんみ》するように立ち尽くす啓吾を想像するだけで、いけないと思いつつも笑ってしまう。

はっきり言って、滅茶苦茶似合わない。

だけど、なんて愛おしいんだろうと千央は思った。

この土産物を選ぶ間、啓吾は自分を喜ばせたいと、ただそう思ってくれていたのだろう。それを思ったら、なんだか目の奥がじわりと熱くなって、涙がにじみ出そうになってしまった。

「髪を濡らしたままでいると、風邪をひくと言っただろう。こっちにこい」

テーブルにならべられた土産の前でぼんやりとしているうちに、啓吾はさっさと風呂から上がってきてしまったのか突然背後から声をかけられて、千央は慌てて鼻をすすった。

泣きそうになっているところなんて、見られたくない。

「い、いいよ。自分でやるから…」

「いいから大人しくしてろ」

有無を言わさず千央を自分の前に座らせると、啓吾は洗面所から持ってきたらしいドライヤーにスイッチを入れて、千央の髪を乾かし始めた。自分だってまだ濡れたような髪をしているくせに、どうやら自分のことはあと回しらしい。

器用に動く指先の感触が心地よくて、そのまま目をつぶると、千央は先ほどからチャンスをずっと逃していた言葉を、素直に口にした。

「あの、色々…ありがとう。お土産も……。それと、ごめん…」

「もう気にするな。響子さんにはここへ戻ったことを伝えておいたが、あとで自分からも電話しておきなさい。かなり心配していたようだから」

「うん…」

姉が心配する理由はわかっている。ボロいアパートに二人で暮らしていた頃は、こんな天気の時はいつも決まって、二人で寄り添うようにただ嵐が過ぎ去るのを待っていたから。

「あの…さ、話してもいい？」

千央が恐る恐る口を開くと、啓吾は『なんだ？』と問い返してきた。

「いまさらだけど。啓吾さんもさ、俺が……その、雷が苦手だって知ってるだろ。あれってさ、どうしても嫌なこと思い出すんだ…」

「そうか」

啓吾は髪を乾かす指先を止めぬまま、いつもの言葉を返してくる。なにがあったんだ？　と興味本位に聞いてこないところが、ぶっきらぼうな啓吾らしい。

それに励まされるように、千央はこれまで誰にも話したことのない気持ちを口にした。

自分の一番弱くて痛いところを晒すのは、ひどく恐ろしかったけれども、どうしても啓吾に聞いてもらいたいことがあった。

「まだ小学生だった頃の話なんだけど…。あの日も……、同じように台風がきてて……」

激しい風と、雷が鳴っていた。それがただの夕立なんかじゃないことは、テレビに映し出される天気予報の中で、何度も繰り返される警報が知らせていた。

「母さんが…、父さんを車で迎えにいくって言ったんだ。近くの駅まで戻ってきてるって電話があったんだけど、そこから自転車じゃ風も強くて危ないからって……」

一緒にいく？　と誘われはしたけれど、千央はついていかなかった。以前にも近くの電信柱に雷が落ちたことがあり、それ以来苦手だったこともあるが、荒れ狂う雨風の中で激しい光を放って鳴り続ける雷はひどく恐ろしく、そこを車で移動するよりも、家の中で大人しく両親の帰りを待っている方がいい気がしたのだ。

『じゃあ、ちょっといってくるから、留守番お願いね』そういって、母は出ていった。そしてそのまま二度と帰らなかった。父と共に。

運ばれていく二つの棺《ひつぎ》を見送りながら、『いつも仲がよかったから、旅立つときも一緒なのね』と、母の友人だった誰かが涙をこぼしてそう呟いていた。

「ずっと…帰ってくるのを待ってたんだ。待ってたけど、誰も……帰ってこなくて。雷だけ鳴ってて、でも帰ってこなくて……」

そのときの記憶がリアルに蘇ってきた瞬間、玄関先でただ啓吾を待っているのは、もう耐えられなかったのだ。

「千央…」

「神様って不平等だよ。なにもしてなくとも、突然色んなものを攫《さら》ってくんだ……」

まるで突然やってきては去っていく、嵐みたいに。

色んなものをいっきに押し流して、攫っていく。その爪あとだけをそこに残して。

優しかった両親も、思い出の詰まった小さな家も、一瞬にして全てを奪い去っていった。

生まれ育った家のローンは保険が補ってくれることになったが、相続税やこれからの暮らしのことを考えると、維持することの方が難しいと知って結局は手放した。

家を出る最後の日、手に持てるだけの思い出を抱えて、いつまでも姉と二人で見上げていた家は、すでに違う人の手によって建て替えられ、もう記憶の中にしかない。

「俺ね……ずっと思ってた。なんであの時、一緒についていかなかったんだろうって。そしたらこんな思いしなくて、すんだのにって……」

話しているうちに、それまでずっと堪《こら》えていた熱いしずくが、ぽとりと腿《もも》に流れ落ちた。

それをなるべく悟られないように、ぐいと指先でぬぐいながら、千央はその場を誤魔化すように小さく笑って、肩を竦めた。

「そしたらさ、アンタもこんな天気なのに、ぜんぜん帰ってこないんだもん。多分平気だって、どこかでちゃんと分かってたんだけど……、でも…、待ってるのがもう嫌で……。もう…嫌だったから、今度こそ迎えにいかなくちゃって、それしかなくて。……ごめん俺…自分のことばっかりで、みんなに……」

迷惑かけたと、そう続けようとしたけれど、後ろから強く抱きしめられて言葉を失った。

「分かった」

耳元で、言い聞かせるように低く囁かれた啓吾の声に、思わずぎゅっと目をつむる。

「分かったからもういい。ちゃんと…分かったから」

息も止まりそうなほどきつく抱きしめられて痛いくらいなのに、確かな幸せを感じている自分を、どこかおかしいんじゃないかと思う。

「私が悪かった。……一人で、辛かったな」

なのにそんな優しいことを、ひどく優しい声で啓吾が言うから、千央は堪えきれずに新しい涙を溢《あふ》れさせた。

別に啓吾が悪いわけじゃない。ただ、自分が失いたくなくて飛び出しただけだ。

「でももしそのとき、お前がついていっていたら、それこそ響子さんはこの世でたった一人になってたぞ。それでいいのか？　お前がいたから、二人で頑張れたんじゃないのか？」

言いながら、啓吾は抱きしめていた腕から力を抜いて前へ回ると、その横へと腰を降ろした。

声もなく涙をこぼす千央を労わるように、ソファの上でその小さな頭を引き寄せ、ぽんぽんと叩いてくれる。その手のひらを、心底暖かいと千央は思った。

いつも仏頂面で、無口なくせに。懸命に言葉を探して、千央を慰《なぐさ》めようとしてくれる啓吾に、溢れ出した涙が止まらなくなる。

「それに、それだと私が千央に会えないだろう。だからそんなこと、二度と言うんじゃない」

「………っ」

真剣に、そんなことを言って怒ってくれる啓吾に、それだけで心は満たされた。

自分が単純すぎるのかもしれないけれど、言葉ひとつで救われたような気分だった。

血なんかつながってないし、育った環境も、考え方も、ぜんぜん違うのに。心がつながっている気にさせられる。自分の存在全てを、肯定されているような。

この人に心から、傍にいて欲しいと思った。それは一人で生きていくのが、ただ寂しいからというだけじゃなくて。

ただ一心に、好きだと思う。

きっと啓吾をなくしたら、自分は子供みたいに声を嗄《か》らして泣き叫び、しゃがみ込んだ絶望の縁から、もう二度と立ち上がれなくなるんだろう。

もしも本気で頼み込めばその願いがかなうというなら、自分はきっと何度だって頭を下げる。

以前河野が、自分が死ぬほど好きになれる相手にめぐり合えることなど滅多になくて、その相手に好かれることなんかもっとありえないのだから、それだけでも凄いことだと話していたが、その言葉が今頃になって身にしみた。

そしてそれと同時に、啓吾に出会えたことを、全てのものに感謝したかった。

神様はずっと不平等だと思っていたけれど、失ったものと引き換えに、なくてはならないとても大

切なものを、ちゃんと与えてくれたのかもしれない。

どちらも代わりにはならないけれど、それでも失いたくないと思えるものに出会えた自分は、きっと限りなく幸せ者なのだろうと今は心からそう思えた。


千央が落ちつくのを待ってから胸に抱くようにして、比較的防音のきいている寝室へ連れてきた啓吾は、その細い身体をマルと並んでベッドの中へと押し込んだ。

先ほどまで涙腺《るいせん》が壊れてしまったみたいに泣き続けていた千央は、泣き止んだあとも啓吾の服を掴んだまま、離れようとしない。珍しく素直に甘えたような仕草を見せる千央に思わず一瞬クラリと眩暈を覚えたが、啓吾は沸き起こる衝動をやりすごしながら、千央が眠りにつくまで、その猫の毛のような感触がする柔らかな髪をずっと撫で続けていた。

しばらくすると、啓吾の手に髪を梳かれて心地よさそうに目を瞑っていた千央から、規則正しい吐息がこぼれ始める。どうやら寝入ったらしいことに気付いた啓吾は、ベッドサイドの小さなライトだけ残して電気を消すと、起こさぬように静かにその場を離れた。

「なんで、出ていっちゃうんだよ？」

しかし入り口の扉を開けた瞬間、不機嫌そうな声に呼び止められてしまう。振り返るとすっかり寝入ったと思っていたはずの千央が、ベッドの上で身を起こしていた。

「せっかく出張から帰ってきたのに、こんな日まで仕事しなくたっていいじゃんか。松本さんだって、明日は午後からの出勤でいいって言ってくれたんだろ？　なのになんで…」

「千央…」

薄いライトの光に照らされた千央は、幾分眉を寄せ、どこか悔しそうにも見える。

そのままぷいとそっぽを向いてしまった横顔へ、なんと言ってこの場を収めるか考えているうちに、千央はさらに小さな声でポツリと呟きを漏らした。

「そんなに……俺がいると邪魔なんだ」

「なにを言ってるんだ。そんなわけがないだろう」

思いもかけないことを言われた気がして、啓吾は唖然としながらも否定を返したが、千央は信じられないというように小さく首を振りながら、ベッドの上で小さく身体を丸めた。

「嘘だ。だってアンタ、最近いっつも……俺とは寝てくれないじゃんか。マルとはいつも一緒に寝てるくせに」

完全に拗ねてしまっているらしい千央の言葉に、啓吾は声を失った。まさかこんな場面で、こんなことを言われるとは思わなかったのだ。

驚きを隠せないままその場で立ち尽くしていると、千央はますます拗ねたように、立てた膝の間にその顔をうずめてしまう。

「仕事で忙しい、忙しいってそればっかりで。土日だって出張に出かけてばっかだし、夕食も前みたいに一緒に食べる回数減ってるし…。そのくせ平気で…ああいう、人に期待させるようなことばっか、言ったりするんだ…」

だんだんと小さくなっていくその声に、啓吾は一見いつも通りの無表情なままだったが、しかしその心中ではじんわりとした喜びが湧き上がってくるのを感じていた。

初めて千央が自分から我が侭を言い、甘えてくれたのだ。その事実に、ひどく有頂天になってしまっている。

思わず顔が緩んでしまいそうになるのを堪えながら、啓吾はすっと千央の傍へと戻ると、ベッドの上にいる千央の隣に腰を降ろした。

千央がまるで拗ねた子供のように身体を縮ませているのを見れば、かわいそうなことをしてしまったと悔やんだが、『ぜんぜん一緒に寝てくれない』とぼやく姿を見てしまえば、それすら心底愛おしい気持ちが湧き上がる。まさか千央の方から、こんな風に啓吾自身を望んでくれていたなんて気付かなかったから、その喜びもひとしおだった。

普段は決して人に甘えたり、頼ろうとはしてくれないくせに、こんな風に時折垣間見せる弱さに、たまらなくなる。

「悪かった……不安にさせてしまったな。でも別に、お前を邪魔だなんて思っていたわけじゃない」

「……嘘だ」

横を向いて俯く千央をなんとか宥めてやりたくて、その柔らかな髪を優しく撫でると、千央は小さく首を振りつつも、そっと啓吾の指を自分の胸元へと引き寄せた。触れてくるその細い指先を握り返しながら、啓吾は千央へ言い聞かせるように、もう一度低く囁いてやる。

「嘘じゃないよ」

「じゃあ、なんでだよ…。なんで、前みたいに一緒に……その、ね、寝たりとか、触ってきたり、しないわけ？」

問いかけながらもやはり聞きにくい問題だったのか、頬を少し赤らめたまま、千央はちらりと上目遣いに啓吾を見上げてくる。別に意識してやっているわけではないと分かっているのに、その艶を含んだような視線に、思わず心惑わされそうになり、啓吾は慌ててそこから視線を逸らした。

これまで仕事や晴れ続きの天候を理由に、できるだけ何気ないふりを装って、千央との深い接触を避けるようにしていたつもりだが、どうやら空しい努力はとうにばれていたらしいことを知り、啓吾は観念したように息を吐いた。

これまでずっと、聞いてみたくて、聞けなかったことがある。それを口にするのはひどく勇気がいったが、これ以上とり繕うことで千央にへんな誤解をさせてしまうのは、ごめんだった。

「あのな。今までずっと聞こうと思って聞けずにいたことがあるんだが……」

「……なに？」

「お前は……私が怖いんじゃないのか？」

「な…んだよ、それ？」

しかし突然の啓吾の言葉に、千央は本気で言われた意味が分からないというように、ひどく困惑そうな表情を見せた。それに思わず苦笑する。

もしかしたら、自分はいらない墓穴を掘ったのかもしれないとも思ったが、一度口にしてしまったそれをいまさらなかったことにはできないだろう。

これまで意識していなかった上でのことだとしても、千央がもし自分に対して恐れを抱いているのなら、これ以上無理を続けさせるわけにはいかなかった。

「それぐらい、いくら鈍い私でも分かる。お前は……いつも、私の顔色をびくびく窺ってばかりだったからな。松本や河野君には楽しげな顔を見せたり、気軽になんでも相談していたようだが、私の前では萎縮《いしゅく》してしまって、バイトひとつのこともなかなか打ち明けられないでいただろう。そのくせ弱みを見せないように、いつも虚勢を張っている」

そうして——啓吾がどんなに優しく触れようと思って手を伸ばしても、その指先が触れるはじめの一瞬は、いつも身体をビクリと強張らせていた。

同じベッドの中で触れ合うときも、千央は自分から逃げ出しこそしないものの、いつもどこか逃げ腰でいたことを、ずっと感じていた。

感じていながら、わざと気付かないふりをしていたのだ。

手放したくなくて。

「お前は本当は……私と付き合うことに無理をしているんじゃないのか？　怖いのにそうとも言えずに我慢している姿を見るのは、私としては忍びないんだ」

一言聞いてみるだけでよかったのに、それを確認するだけの勇気も持てず、今日までずるずるときてしまっていたことを、啓吾はいまさらながらに強く悔いていた。

千央が自分を必要としてくれているのは、ちゃんと伝わってくる。

けれどもそれは本当に、恋人としてのものだっただろうか。失った家族への憧憬《どうけい》を、恋心と錯覚させてしまっているのではないだろうか。

そんな疑問を抱きながらも、千央からの拒絶を恐れて、ずっと聞き出せずにいたけれども、それを千央が望んでいないのならば、もうこれ以上一人寂しく震えている心の隙を、つけこむような真似だけはしたくなかった。

「お前が人恋しいだけなら、いくらでも傍にいてやりたいとは思う。たとえ恋人じゃなかったとしても。でもさすがに同じベッドで眠ったまま抱きつかれていたら、自分の理性に自信がない」

「だから……最近、帰ってくんのが遅かったり、土日に家にいなかったりしたの…？」

その小さな問いに啓吾はそうだとも、そうじゃないとも答えなかったが、答えはおのずと千央まで伝わったようだった。

わずかの間、沈黙が落ちる。しかし次の瞬間、千央は猫のように切れ上がった大きな瞳でキッときつく啓吾を睨みつけると、『ちょっと歯を食いしばってて？』と低く囁いた。

なにをする気なんだ？　と尋ね返すひまもなく、両頬へと飛んできた手のひらにバチッと強く挟まれる。そう痛いものではなかったが、まさか千央から殴られることになるとは思ってもみなかった啓吾は、それだけでかなりの衝撃を受けていた。

「……ったく、それってアホみたいじゃない？」

呆れたような視線で自分を見上げてくる千央を、呆然とただ見詰め返す。突然キレてしまったのか、いっきにいつもの調子をとり戻した千央は、さきほどか細い声で啓吾にしがみついてきた姿がまるで嘘のように、いっきに言葉をまくし立てた。

「本気でアンタに触られるのが嫌だったら、誰が強姦男となんか一緒に寝たりできるんだよ。そんなの普通、できるわけないだろっ」

「……強姦男…」

それは確かに本当のことなのだが、さすがに本人の口からそれを指摘されると、心臓の真ん中に矢をぷすりと突き立てられたような気分に陥る。

もちろん、自業自得であることも重々承知しているが。

「本当に人恋しいだけで、俺が……あんなことできると思ってんの？　だ、誰が好きこのんで、自分以外の男の……立ったア、アレとかさ、手で触ったりできるんだよっ。アンタのだから恥ずかしくてもできるんじゃんか。……そういうのっ、なんで分かんないんだよ！　信じらんないっ」

真っ赤な顔をしながらも、再びぷいと視線を逸らしてしまった千央の横顔を、啓吾はまじまじと見詰め返した。

その言葉や態度からは、啓吾が恐れているような結末は、なにも見えてこない。

「怖く……ないのか？　本当に？」

信じられない思いで呟くと、千央はくしゃりと困ったように顔をゆがめて、やがて俯いたまま小さく答えを返してきた。

「……怖いよ、怖いに決まってんじゃん。そんなの…当然だろっ」

「そうか…」

やはりそうだろうなと、返されてきた千央のきっぱりとした答えに苦く笑う。

しかしそれに頷きながら千央の頭をさらりと撫で、『もう寝なさい』とその場を去ろうとした啓吾を、慌てて引き止めるかのように、細い指先が袖口を強く掴んできた。

「バカ…！　誰も離れて欲しいなんて言ってないっ！」

「千央？」

必死な様子で啓吾を引き止めようとする千央は、まるで今にも泣き出しそうな顔をしている。なぜそんな顔をしているのかが分からないまま、引きずられるように再びベッドへ腰を降ろすと、千央は途端に啓吾へしがみつくようにして、ぎゅっと抱きついてきた。

まるで離れてしまうことを、恐れるみたいに。

「……アンタが一番、怖いのなんて……っ、そんなの当然じゃんか。一番好きな人なんだから」

顔を首筋に埋めるようにして告げられた千央の言葉の意味を、瞬時には理解できずに、啓吾はその場で固まった。

一番怖いと言って震えるくせに、それでも一番好きな人なのだと必死にしがみついてくる、その真意が分からない。怖いなら、避けようとすればいいはずなのに、ますます抱きついてくる腕に力を込めてくる千央を落ち着かせるように、啓吾はその背をそっと撫でた。

「だから……いつも必死なんじゃん。バイトだってなんだって、自分でするよ。家事だってちゃんと続ける。アンタにだけは…甘えたりしたくないから、頑張りたいんだよ」

「……どうしてだ？」

未成年でなんの力も持たない千央が、社会的にも経済的にも自立している保護者に甘えるのは、当然のことで、なんの不都合もないはずだ。

なのに啓吾にしがみつきながらも、自分でできるだけのことはするからと言い張るその必死さが、啓吾にはどこか痛々しく感じられた。

宥めるように何度もその背中を撫でてやると、千央はそれにまるで呼応するかのように、背中を小さく震わせた。

「……だって、だっ…て…さ、俺、なんにももってねーんだもん」

「なんの話だ？」

震える千央をこのまま放ってはおけず、啓吾はしがみつく手を引き離すようにしてその顔を覗き込む。目の前で視線が絡み合うと、千央はまるで泣き出しそうにくしゃりと顔をゆがめながらも、その心情を吐き出した。

「アンタはさ、いつもこうして……寝るところだとか、お金とか、ぽんぽんなんでもくれるけどっ。俺…、俺は…なにも持ってないから。……返せるものが、なにもないんだよ」

小さな声で、どこか苦しそうに吐露《とろ》されたそれらの言葉に、啓吾は後ろから頭を思いきり殴られたような衝撃を覚えた。

啓吾からみればそれは当然のことで、別になにか特別なものを千央に与えたとは思っていなかったけれども。

たとえば『ただいま』と言って帰れる場所とか、『おはよう』と言い交わして一緒に迎える朝だとか。そんな風に、なにげなく交わしてきたささやかな日常のひとつひとつを、千央はひっそりと胸の奥でどれだけ大切にしてくれていたのだろうか。

同じように啓吾へなにかを返したいと思っても、自分はただの高校生で、なんの力も持ってない。だからこそせめて重荷にだけはならないでいようと、そんな風に千央が思い続けていたのだということに、今頃気付かされた。

自分にだけは甘えたくない、頼りたくないと、そう言い続けてきた千央の中に隠された本音の部分を、このとき啓吾はようやく知ったのだ。

「お金もらって、生活見てもらって、……なのにただ甘えまくってたら、俺、ただのお荷物じゃんか…。そんなのヤダよ…」

「千央、お前……」

小さく漏らされたその言葉に、どれだけの思いが含まれていたかを思い至って、絶句する。

もちろん啓吾はこれまで、一度として千央を荷物だなどと思ったことはない。けれども同時に、千央へここにいて欲しいと思っていることや、自分にとってはなくてはならない存在なのだとか、そういう言葉をかけてやったことが一度としてなかったことを思い出した。

たった一言、必要としているということを伝えてやれれば、それでよかったはずなのに。

千央が、どうして意固地になるほど一人で立とうとしていたのか、それに気付いてやればよかった。

一番好きな人だから、一番怖い。

そう呟いた千央の言葉が、胸に迫る。いつか失うかもしれない恐怖に怯えて暮らしていたら、それは当然のことだろう。これまでも大切なものほど失うことの多い人生を送ってきた千央は、なにもしなくても自分が人から求められることがあるなんて、知らずに生きてきたのだ。

ただそこにいてくれるだけで、自分の存在がどれほど啓吾を幸せな気持ちにさせているかも、気付かずに。

なにも言わない自分の隣で、千央はどれだけ必死に、この生活を守ろうとしてきたのかと思うとやりきれなかった。やれるだけのことは自分でする。決して重荷にだけはならないでいようと、きっとそれだけは心に決めて。

自分よりも一回り近く幼いはずの恋人に、そんな切ない決心を自分がさせてしまっていたのかと思うと、胸が引き絞られるように痛んだ。

「お前の気持ちはよく分かった。……でもな、家族は普通、お互いに世話をし合ってもお荷物だなんだと、思ったりはしないだろう。助けたり、助けられたりで……それで当然なんじゃないか？」

だからそんな風に全部一人で背負おうとしないで欲しいと、祈るような気持ちで囁くと、千央はどこか呆然としたような表情のまま、啓吾をじっと見詰め返してきた。

「家族…？」

「違うのか？」

そんな風にまっすぐ問い返されると、啓吾の方こそ戸惑ってしまう。啓吾としては、もうとっくに千央をそのように思って接してきたし、できることなら千央の友人にも、恋人にも、千央にとっての全ての一番になれればいいとすら思っていた。

もしも千央が姉の響子以外に、自分の家族なんているわけがないと思っているのだとしたら、それは寂しいことだと思う。

きっと自分だけじゃない。松本や、父である省吾はもちろん、いまだに『たまには千央君を遊びにこさせてよ』と勝手なことを言ってくる姉の美咲《みさき》でさえも、そう思っているはずだから。

「啓吾さん……、俺の家族に……なってくれんの？」

しかしか細く震える声で、それでも必死に問い返してくる千央に、啓吾は『ああ、そうだったか』

とようやく千央の気持ちに思い至った。

綺麗な色をした大きな瞳から、静かに涙が伝わり落ちる。その瞬間、啓吾は千央を強く自分の腕の中に抱き寄せていた。

千央は自分のことを、家族と思えないでいたわけじゃない。

ずっとそれを欲していながら、それでも言い出だせずにいたのは、きっと千央の方だったのだ。

「お前のものにならなってもいいと、そう言っておいただろう？　あれはそういうことだと、私はずっと思っていたんだが……」

囁くと、腕の中の細い身体は、嗚咽を漏らして大きく震えた。普段は決して見せない子供のようなその泣き方に、啓吾は千央がどれだけの孤独に耐えてきたのかを思い知っていた。

千央の気持ちを分かってやっているつもりでいて、その実なにも分かっていなかった自分の鈍さを、改めて苦く思わずにはいられない。

甘やかすだけが、千央の為になるわけじゃないと知っていたはずなのに。

「なら……、ずっと…っ、一緒…に、いてくれんの？」

「ああ、そうだ。だからお前も、傍にいてくれ」

ずっと言いたくて、言い出せないまま飲み込んでいた言葉を伝えると、千央は啓吾の胸に顔をうずめたまま、何度も、何度も頷いてみせた。

もっと早く、言ってやればよかった。大人の自分からこんなことを頼み込むのはみっともないとか、へんなプライドなど気にしていないで。

謝罪の意味をこめて、その細く華奢な肩と、柔らかな髪に口付ける。思えばこの身体を初めて抱いたあの時も、欲しいものを欲しいといえないまま、思い込みだけで傷つけてしまった啓吾を許し、求めてくれたのは千央の方が先だった。

「もちろん、家族としてだけじゃない。恋人としてのお前も欲しいと思っている」

なのにその後も、甘えて欲しい、頼って欲しいと思いながら、その実こちらからははっきりと求められずにいた自分の方こそ臆病であったことを悟った啓吾は、自分よりもずっと年下の恋人を見習うように、きっぱりとそれを口にした。

たとえもしここで嫌がられたとしても、いまさらあとには引けないだろうと思いつつも、祈るような気持ちで返事を待つ。焦るつもりはなかったが、前のように家族の親愛の情だけしかないなら身を引くという気は、すでに啓吾の中から失せていた。

千央がその気になってくれるまで、待つだけの覚悟もある。

しかしそんな啓吾の決意を崩すかのように、千央は啓吾の腕の中で零れ落ちた涙を拭いながらも、俯いたままの姿勢でぼそぼそと呟いた。

「そ…なの、分かってるよ。分かってても、いざとなると怖いんだから、しょうがないじゃんか」

いまさらとり繕っても仕方ないと思ったのか、珍しく素直に『怖いんだ』と口にした千央の、もの慣れない態度がひどく可愛いらしくて、思わずそれまでの決心も忘れてその身体を無償に抱き寄せたくなる。

こんなことを口にすれば、またきっと千央には『エロジジイ』と怒鳴られそうなので、黙っておいたが。

「べ、べつに啓吾さんのことが、怖いんじゃないよ？」

「ああ、分かってる」

再び誤解されてはたまらないと思ったのか、慌てた様子でそんなことをつけ足してくる千央に、思わず口元から笑みが零れた。こんなことだけで幸せになれる自分を、我ながら現金だと思う。

「そうだな。そういえば……まだ高校生だったたな」

普段、自分などよりずっとしっかりしているから、つい忘れてしまいがちだが、こういう面に関して千央は経験がほとんどなく、まだ幼いのだ。初めて抱いたあの時も、なにもしらないようだった。同じベッドで眠るようになってか、キスやどうすれば互いに気持ちよくなれるのか、愛撫の仕方に至るまで教え込んだのは啓吾自身だ。

あとはもうやはり、ゆっくり時間をかけて慣れていってもらうしかないのだろうなと、千央の頭をぽんぽんと撫でつつ、『もう遅いから休みなさい』とベッドから立ち上がろうとした啓吾を、慌てたように千央の腕が引き止めた。

「千央？」

「そうだよ。そういうの分かってんなら……ちゃんと手加減してよ」

言いながらも、千央は掴んだ啓吾の手のひらを離そうとはせず、そのまま自分の方へと引き寄せる。

薄桃色の唇が目の前で寄せられ、千央は啓吾の手のひらの真ん中にキスを落とした。そのゆっくりとした一連の動作を、啓吾は固まったままただじっと見守ることしかできずにいた。

もちろん、計算してやっている行為ではないのだろう。なのにその色気のかけらもない、無意識の千央の誘いに、心臓を打ち抜かれたような気分だった。

「あの…、そしたら、全部……、してもいいから…」

見上げてくる濡れた瞳に、我を忘れる。

ひどく恥ずかしそうに続けられた言葉の先を、まるで吸いとるかのように深く重ね合わされた唇に、千央は一瞬戦慄《おのの》くように震えたが、けれども決して啓吾を拒もうとはしなかった。

背中へ回された腕に確かな幸せを感じながら、結局はこんなときまで千央から先に選ばせてしまっている自分に、啓吾は小さく苦笑をこぼす。

もしかしたら恋人に甘えてしまっているのは、自分の方なのかもしれないなどと思いながら、その細い身体をきつく抱きしめた。


啓吾に初めて触れられる瞬間は、いつも咽喉《のど》の奥が詰まるような緊張と、心臓が早く脈打つような胸の高鳴りで、知らないうちに身体が強張る。

けれどもその硬くしっかりとした指先が、無骨な見た目とは反対に、労《いた》わるようなひどく優しい動きをすることを知っているから、触れられているうちに強張りは解けて、いつもすぐにわけが分からなくなってしまう。

「ちょ、ちょっと…、なんか、そこ……ばっかり…」

「嫌か？」

この身体の、どこをどうしたら声があがるのかを十分に知っている指先は、千央を怯えさせないようにと慎重に、けれどもしつこいほど優しい愛撫を施していく。

今もキスを首筋や、鎖骨のあたりに受けながら、繰り返し胸の突起を弄られて、千央は小さく声をあげた。はじめの頃はそこを弄られても、ただむずがゆいだけだった感覚が、いつのまにかそっと摘むように擦られるだけで、深い快感を得るようになってしまったことを、恥ずかしいと思いつつも止められないでいる。

こんなとき、啓吾によって変えられていく自分を、思い知らされる。

ぷくりと立ち上がったそこを、指先で転がすようにえんえんと弄られると、ぜんぜん関係ないと思っていたはずの腰骨のあたりが疼《うず》くのも、啓吾によって教えられたことだ。

しかし、先ほど『慣れない行為はやっぱり怖い』と伝えてあったからか、啓吾には無理強《むりじ》いするつもりはないようで、千央が少しでも抗議の声をあげると、途端にパッと手を離した。

「ち、違う…。あの、ヤとかじゃなくて……」

小さな愛撫に感じすぎてしまうのが恥ずかしいだけで、触れられることを嫌だと思っているわけじゃない。

焦ってそれを伝えると、啓吾は千央の上で途端にホッとしたように再びそこへと手を伸ばした。

なんだよ。いつもは結構強引に、先へと進もうとするくせに。今日に限って、そういうへんなところで引かれると、こっちが脅しているみたいじゃないか。

「ん……、あ、…っ」

おかけで千央は、いつもならば軽く口にしていた『嫌だ』とか『もうやめて』とか、そんな風に啓吾を否定する言葉の全てを、必死で飲み込まなければならない羽目に陥《おちい》っていた。

今までももちろん、本気で嫌だとか言っていたわけではなくて、だんだんわけがわからなくなって縋りつく自分を抑える為に、つい反射的に口にしていただけなのだけれど。

身体のあちこちに触れながら、キスを繰り返されて頭の芯がボーッとなる。それを見計らっていたかのように下半身を探られると、すでに立ち上がりかけていたそこは、啓吾の長い指先が優しく上下するだけで、ふるりと快感の証を示して硬くなった。

「やだ…っ！」

その貪欲な反応を知られたことが恥ずかしくて、思わず声を上げると啓吾は再びあっさりとそこから手を離した。

「分かった」

「だ…、だから、それも違くて！」

慌てて自分の上から退《の》こうとするその手と首を掴んで、引き寄せる。

「触って欲しいのか？」

「………」

その恥ずかしい問いには答えられずに、そっぽを向いていたが、啓吾は千央からの許可がなければ触れられないとでも言うように、その先を進めてくれようとしない。

自分からそれをするのは死ぬほど恥ずかしかったが、仕方なく啓吾の指先を、再び硬くなったそこへと自ら導くと、啓吾は咽喉の奥で低く笑ったような気がした。

「ア…アンタさ、もしかしてなんか、楽しんでない？」

「いいや？」

どこか楽しそうに啓吾は否定を返してきたが、絶対、嘘だ。

そういうところが、エロジジイだっていうんだよ。

せっかくの二枚目が台無しといった感じに緩んだ顔を横目で睨みつつ、そう怒鳴り付けてやりたがったが、ここでまたいつもの状態に戻ってしまっては、元の木阿弥《もくあみ》である。

「続けていいか？」

「ん……」

しかし、啓吾が自分を気遣ってくれているのも本当だと分かるから、千央は観念したように素直に頷くと、目を閉じた。

濡れた先端を親指の先でくすぐられる。それだけで腰が揺れるのも、すでに啓吾に知られてしまっている。声を出したらきっとまた、心とは裏腹なことを口走ってしまいそうだったから、手の甲を唇に押しつけるようにして声を殺していると、啓吾はその指先をさらうようにして、千央の声を開放した。

「分かった。悪かった。なにを言ってもどうせもう止めてやれないから、好きなだけ声を出しなさい」

はじめの頃は反発してばかりだった命令口調なのに、こんなときに困ったような声で囁かれると、それだけで愛しく思えてたまらない。

「ひゃっ…」

絡めとられた指先の間をそっと舌で舐《な》められた瞬間、へんな声が出たことに自分でも驚いて、千央は慌てて口元を押さえた。啓吾に触れられると、どこもかしこも性感帯になってしまったかのように、ひどく感じてしまうのだ。

まさか指の間までこんなに感じるとは思わず、そこへと視線をやると、啓吾の男らしい口元から覗く赤い舌の動きが目に飛び込んできて、ドクッと心臓が脈打つのが分かった。たいしたことをされているわけじゃないと分かっているのに、いつもは禁欲的な男が見せた色気に、ひどく艶《つや》めいた気分にさせられる。

啓吾は千央の視線に気付いたのか、小さく笑うと、その指先に名残惜《なごりお》しげにキスをして、それから唇を違う場所へと移動させた。

「あ………、待って、ま…」

立てた膝から、太腿《ふともも》を伝って降りてくる唇が、どこへ向かっているのかを知り、千央は慌ててストップをかけたが、啓吾は止まらずに先へと進んでくる。

「止めてやれないといっただろう？」

そんな意地の悪いことを囁きながら、啓吾はこれまでの刺激によって完全に立ち上がっていた千央の敏感な部分に、唇を寄せていった。

あの薄く形のいい唇が、自分のそこにためらいもなく触れてくる。

それ以上は見てなどいられなくて、ぎゅっと目を瞑《つむ》ったが、かえってそれは啓吾が与えてくれる感覚を鋭いものにしただけだった。

「あ……っ、あぁっ！」

我知らず、声が零れる。

先の濡れたところから、根元の部分まで覆うように舌を這わされ、閉じた目の奥が真っ赤に染まっていく。

「や、啓吾さ…、け…ご……っ、ダメ……っ！」

これまでにも何度か口でされそうになったことはあったのだが、意識が飛ぶような鋭い感覚が嫌で、千央がそれを許したことはなく、また啓吾も千央が嫌がると知ってかそれ以上の無理強いはしてこなかった。しかし今日の啓吾は、千央の全てを自分のものにするつもりらしく、声をあげても許してもらえない。

まぁ、身をくねらせながらあえいでいたのでは、説得力もないだろうが。

「嫌？　なら止めておくか？」

「………っ、ちが…けど…、そこでしゃべらな…っ」

言い終わらぬうちに、軽く歯を立てられて、ジンとそこから駆け抜ける痺《しび》れに背を反らせる。あの端正で男らしい顔が、自分の足の間に唇を寄せていると思うだけでおかしくなってしまいそうなのに、啓吾はこんなときばかり容赦《ようしゃ》なく、けれどもどこまでも優しく千央を追い詰めていった。

「……け、ごさ………っ」

終わりはあっけないほど簡単で、先端を少しきつく吸われただけで、千央は熱を手放していた。

キンと、耳の奥で耳鳴りがする。それでも最後は自分からまるでねだるように、啓吾の髪をくしゃりと握り締めていた。

はぁはぁと繋《つな》ぐ息の間に、知らずに溢れていた涙が零れ落ちる。それを啓吾の唇によって優しく吸われて、千央はこみ上げてくる熱に浮かされたように、その首へ必死に縋りついた。

「あ…？」

しかし当然それで終わったわけではなくて、いつの間にかなにかで濡れた指先が、力の抜けた身体の最奥に這《は》わされるのに気付いて、目の前の顔を見上げる。

「千央…」

千央の熱を帯びた視線を受けて、啓吾は一瞬迷うように指の動きを止めたが、千央が身体から力を抜いたままでいるのになにかを感じたのか、ゆっくりと中へ進み入れた。

好きな男の身体の一部が、自分の中へと入り込む感触に、息をするのも忘れてしまう。

「力を抜いてなさい」

啓吾はただそこを解《ほぐ》すだけのつもりではなく、ここで自分を受け入れるのだと覚え込ませるように、千央の中を探り出した。

「あ…、あ……ぅっ、ん……」

はじめはただ苦しかっただけの出し入れも、こまやかな配慮と共に感じるところばかりを擦り立てられると、いつの間にかその感覚に我を忘れる。

身体の中だというのに、啓吾が触れた部分から、火であぶられたように熱くなっている。ジンジンする感覚が次第に増えて、それが足の爪先《つまさき》まで駆け抜けるような痺れに変わる頃、千央はとうとう耐え切れずに弱音を吐いていた。

「も、も…ヤ、ヤだ……っ。中で、動かすの…、やめ……」

啓吾が気にしていることを知っていたから、なるべく『嫌だ』とは言わないように我慢をしていたが、これ以上は持ちそうにない。

しかし啓吾は千央の悲鳴をあっさり無視して、更に声のあがるところを探り始めた。

「や、や…、なんかへん。へんだって……、なんで…っ」

身体の中を弄られて、それでなぜこんなにもいいのだろうか。

それが、啓吾のあの硬くて長い指だというだけで。

一度、啓吾に抱かれたあの時もそうだった。そんな場所を擦られて、なぜこんなに身体中がとろけだしそうなほどになるのか分からない。

自分の身体なのに、自分では全くコントロールがきかずに、啓吾に縋りつくしかなくなる。腰の奥から疼くような熱が身体中を駆け巡って、千央はたまらず声をあげて身を捩っていた。

「ヤ……だっ！」

さすがにそれには啓吾も追い詰める手を止めて、額に口付けてくる。千央の下半身は、触れられもしていないのに再び熱を持って、立ち上がっていた。

「どうした？　強引過ぎたか？」

「ちが……。だって、なんか俺ばっか……」

先ほど啓吾の唇で導かれて、イッたばかりだというのに。触れられるだけで、際限なく欲しがっている自分の身体の反応に、思わず千央は顔をゆがめた。

「バカ。そんな顔をするな……。感じてるなら、素直にそう言えばいい」

「俺、おか…しくない？」

「おかしくならなきゃ、私が困る」

拒まないと決めたはずなのに、また土壇場で拒絶してしまったことを悔やむ間もなく、そんな風に優しく囁いてくるから、千央は涙を堪えるように唇をぎゅっと噛みしめた。

啓吾が呆れたりしないのならば、なにをされてもいいと身体から力を抜くと、千央の思いを汲《く》みとってくれたのか、啓吾は再び指を増やして千央の身体を蕩《とろ》けさせていく。

「ん……っ」

「気持ちいいのか？」

問いかけに小さく頷き返すと、頭上からホッと小さく吐かれた息が聞こえてきて、それに千央は堪えきれずに涙を滲ませた。

こんなにも、大切に扱われている。

それがどんなに嬉しいことか、きっと啓吾は分かっていないに違いない。

「千央？」

その証拠に、気持ちいいと言いながらも千央が涙を滲ませると、途端に啓吾はあたふたと慌てたように、千央の上からその身体ごと離れようとした。

「ね…、ね？　……ほんと、俺なんかでいいの？　アンタの全部、もらっちゃってもいいの？」

離れかける身体を自分の方へと引き寄せながら、千央は小さく問いかける。

いまさらと言われるかもしれないとも思ったが、こんな気持ちを抱えた上で、啓吾に再び抱かれてしまったら、自分はいつか失う恐怖すら忘れて、その全てを欲しいと願ってしまうだろう。それがよく分かっていたから、聞かずにはいられなかった。

「もらうのは、私の方だろう？」

「こ、この前みたいに……、ただの勢いとは違うし。も…、言い訳きかなく、なる…よ？　俺、アン夕に……甘えてばっかりに、なるかもよ？」

「望むところだな」

なのに啓吾は、そんな子供じみた千央の独占欲を笑うでもなく、優しく微笑んでそのきつい目元を緩ませた。

胸の奥から、甘苦しい痛みが湧き上がる。

今なら死んでもいいと言ったら、きっとまたこの男には本気で怒られるだろうけれど、まさしく、そんな感じだった。

結局また泣き出してしまった千央を、啓吾は宥めるようにして抱きしめてくれていたが、しばらくして自分も啓吾も熱を抱えたままであることを思い出した千央は、鼻を小さくすすりながら、啓吾を見上げた。

「……続きしないの？」

問いかけると、啓吾は幾分困ったようにその眉を寄せて、溜息を吐く。どうやら泣き出してしまったことで、今日は止めておいた方がいいとでも思っていたのだろう。

自分だって、まだ終わってないくせに…。

千央の太腿のあたりに先ほどから触れている啓吾の熱は、一度も解放されないまま硬さを持ちつづけている。いつものように手でしてやってもよかったのだが、どうせならちゃんとしてみたかった。

全部くれるなら、全部欲しい。欲張りだといわれても、今更もう誤魔化す気にはなれないでいる。

啓吾は千央に止める気がないと悟ったのか、額に小さく口付けると、壁の方を指差して小さく囁いた。

「向こうを向けるか？」

言われた通り、おずおずと身体を捻《ひね》って啓吾に背を向ける。その顔が見られなくなってしまうのは惜しかったが、これ以上の痴態《ちたい》を晒さないで済むことには、少しだけホッとしていた。

「え…な、なに？」

背後から横抱きに抱かれるようにして、腰を引き寄せられた千央は、自分の閉じた脚の間に入り込んできた熱に、ビクリと身体を強張らせる。

「そのまま、脚を閉じていなさい」

囁きに、背筋にぞくりとした甘い痺れが這い昇った。

「あ…っ」

そのまま啓吾は少しずつ動き出しながら、放っておかれていたままの千央の熱も、同じリズムで扱い始める。優しく包み込む指の動きと、昂《たか》ぶりが内股《うちもも》に擦りつけられる生々しい感触に、千央は首筋まで真っ赤になった。

こんなときまで、啓吾は千央を気遣おうとしてくれている。千央の負担を考えて、あえて入れようとはしない啓吾に、千央は首だけ捻って振り向くと、赤い顔をしたままその先を促した。

「……その、……ええと…、いいよ？」

自分から、入れてもいいと伝えることは、ひどく勇気のいることだった。

啓吾を自分の身体の中に迎え入れる。そんなことを思っただけで、顔から火を噴きそうだ。

下世話な話かもしれないが、死ぬほど好きな男が、自分のこの身体に欲情してくれるということは、背筋がぞくぞくするほどの凄《すざ》まじい快感だと知った。

「わかってる」

言いながらも、啓吾は決して無理に千央の身体を開こうとしない。

「ね…、ね？　ちゃんとしても、いいよ？」

それに焦《じ》れて、再び自分から誘いかけると、啓吾は『焦《あせ》らないでいい』と耳元で低く囁いた。

「だってさ……」

「いきなり全部、することはないだろう。これからも、時間はたくさんある」

まるで言い聞かせるように告げた啓吾の声に、胸の奥が熱くなる。

一度だけで終わらせる気はないと、宣言されたのと同じだと思った。これからも繰り返し、こんな時間をこの人と持つことになるのだと思ったら、それだけで眩暈がするほどの幸福感を覚えた。

「うん……」

愛されていると、強く感じる。

押し付けられた昂ぶりからも、優しく解放へと導くその指先からも、首を捻ったままの千央の唇を荒々しく奪うように、交わされるキスからも。

「あ……、……っ」

前へと回されてくる腕に、堪えきれずにしがみつく。

腿の間に挟まれた熱くて硬い欲望が、内股に擦りつけられるたび、どうしようもなく感じて千央は身体をくねらせた。

「く……」

その瞬間、挟み込んだ啓吾の昂ぶりに、強い刺激が伝わったのか、低くうめく啓吾の声が耳を掠めた。

脳の奥から蕩けそうになるほど、官能的な響き。

こんな声を自分が出させているのかと思ったら、それだけでイってしまいそうだった。

自分の身体の中で、一度だけ感じたことのあるそれは、ほとんど忘れかけていた官能の記憶を呼び起こした。それに最奥を突つかれ、激しく身悶《みもだ》えたことを、身体の方はちゃんと覚えている。

首を捻って見上げると、流麗《りゅうれい》な眉がわずかに顰められる。熱い吐息が耳にかかると、背中をゾクリとした快感が駆け抜けていった。

「千央…」

この人に、求められているのだと実感すると、それだけで無性に泣きたくなった。

なにを怖がっていたのだろう？

失いたくない、なくしたくないと思っていたから、啓吾の全てを受け入れられずにいたけれど、本当はもうとっくにその全ては与えられていたのだということに、千央は今頃気がついた。

身体が繋がっていなくとも、こうして触れ合っているところから、啓吾の想いも自分の想いも溢れ

出していくのが分かるから。

「好き……」

小さく繰り返しながら、千央は次第に熱く薄れていく意識の中で、啓吾の手を放さぬようにしっかりと指を絡めていた。

大きくて、温かな手のひら。無骨だけれど、長くて器用な指先。

あの時、この手を失ってしまったんじゃないかと思ったら、それだけでいてもたってもいられなかった。もう二度とこんな風に、触れてもらえないんじゃないかと思ったら、それだけで世界は暗闇のようだった。

なくすことが怖いなら、それを恐れる前に、なくさない為の努力をすべきなんだろう。

啓吾とこうして深く身体を重ねていても、その先にある孤独を感じて怖くなるのは、きっと一生離したくないと、そう思える人だから。

触れたら、二度と離せないと思える人がいる。それはなんて恐ろしく、そしてなんて幸せなことなのだろうか。

背後から抱きしめられる腕の強さを感じながら、千央は強く目を閉じた。閉じた瞼から、新しい雫が零れ落ちても、啓吾はなにも言わずにただ抱きしめてくれていた。

それがなにより、幸せだった。

「おはよう」

重い瞼をうっすらと開けた途端、すぐ目の前に迫っていた端正な顔立ちに、千央は思わず一瞬息を呑み、それからいっきに覚醒した。

カーテンの隙間越しからベッドへと差し込んでくる光はまばゆいほどで、カラリと晴れ上がっていることを知らせてくる。昨夜、台風が荒れ狂ってさんざん世間を騒がせていたのが、まるで嘘のようだ。

「………、お…はよ」

現在のこの状況に至った経緯を思い出して、顔を赤らめつつも千央がたどたどしく挨拶を返すと、啓吾は小さく微笑んで、額へキスを落としてきた。

その見たことがないほど柔らかな表情や仕草に、喜ぶよりもまず、新鮮な驚きに声を失う。

うわー……、珍しいもの見ちゃったよ。

これは、かなりの上機嫌とみていいのだろう。これまで一緒に目覚めた朝でも、こんなにまで啓吾が上機嫌でいるのを見たことがなかった千央としては、少し複雑な気分だった。

現金すぎるのかもしれないが、どうやら昨夜のアレとかコレが、啓吾の機嫌を上向きにさせているらしい。

最後までしてなくてこれなのだから、全部するようになったら、どうなるのだろうかと、そんな下世話な心配までしたくなってくる。

だいたい啓吾はいつから起きていたのだろうか。ずっと寝顔を見られていたのかと思うと、それだけで身体中の血液の温度が数度、上がったような気がした。

「……なに？」

赤い顔をしたまま昨夜の記憶を必死に振り払おうとしていた千央を、上からじっと見下ろしてくる視線が気になって声をかけると、啓吾は少しだけ罰が悪そうに口を開いた。

「いや、その……身体の方は平気なのか？」

「へーきだよ。別に、心配されるよーなことなんか……、してねーじゃん…」

千央の身体を気遣って最後までしていなくとも、色々とやりすぎてしまったことに関しては、啓吾も一応反省してくれていたらしい。

ひどく照れながらも千央がぼそぼそと返事を返すと、啓吾はホッとしたような表情をしてみせた。

それにまた、ひどく大切にされているという実感が湧き上がってきて、千央は胸のあたりをきゅっと掴まれるような感覚に、慌ててしまう。

「で、でも……さ、別にその……してもよかったんだけど？」

きっと今の啓吾なら、なにをされても怖くない。それどころか、昨夜と同じように蕩けそうなほどの快感をくれるだろうということも、分かっているから。

我ながら、大胆なことを言っているなとは思ったが、啓吾を拒む気はもうないことだけは伝えておきたくて、小さく訴えると、啓吾は千央の髪をくしゃりと撫でながら低く笑った。

「そうか？　それは残念なことをしたな」

そんなことを口にしながらも、なんだかそれほど残念じゃない様子に、少しだけムッとする。

「そういえば、一緒に風呂に入る機会も逃したしな」

「あ、あれは…」

ついでに、濡れて帰ってきた時のことを引き合いに出されて、千央はカッと再び顔を赤らめた。

今こうして振り返ってみると、無意識だったとはいえ、あれもなんて大胆な誘いだっただろうか。

松本もその場にいたというのに、そんなことを気にする余裕もなく、啓吾のことを誘ってしまった。ただ離れがたかったというだけで。

「あの時は、俺のせいでアンタもだいぶ濡れちゃってたし、かわいそうだと思って…っ。俺だけ先に入っちゃうのも気が引けたしさ……」

いくら晴れて恋人同士として認め合ったとはいえ、負けず嫌いな性格が早々に直るわけもなく、ついそんな憎まれ口を叩いてしまったが、啓吾はそれすらもどこか楽しそうに、きりっとしたその口元を歪めて肩を揺らしていた。それに思わずこっそり、見蕩れてしまう。

多分……啓吾と風呂に入るのは、きっとそんなに嫌なことじゃない。ただ、死ぬほど恥ずかしいだろうとは思うけれど。

今だってこうして同じベッドの中で並んでいるだけで、ふいに昨夜のことが思い出されて、ドキドキしてしまって仕方がないのに。

何度も優しく触れられたことだとか、しつこく弄られてあえがされた時のことだとか。

深く入り込んでは擽《くすぐ》るような動きをみせる指に、泣きながら、もっと奥だとか、もう抜いてとか、何度も頼んだ時のことだとか。

「じゃあ、今度はぜひ一緒に入るとするか」

「……そういうところ、あんた本当にジジくさいよね…」

照れ隠しも含めて呆れたような声で告げると、途端に啓吾がその形のよい眉を寄せたのを見つけて、千央はいけないと思いつつもつい笑ってしまった。

普段は決してそういうことは言わないから、気付かなかったのだけれど、なんとなく最近分かってきたことがある。たとえなにを言われても、啓吾は一見いつも通りの無表情のままだが、実はどうやらこれでも『ジジイ』と呼ばれる歳の差のことを、かなり気にしているらしいのだ。

別に、千央とて本気で啓吾を『ジジイ』などと思っているわけではない。それどころかこの男を捕まえて、ジジイ呼ばわりしているのが知れたら、自分は海東グループの社員達に、くびり殺されてしまうんじゃないかと常々思っているくらいだ。

千央だって気付くと、いつの間にかこうして見蕩れていることもある。啓吾本人に知られるのは恥ずかしいし、これ以上いい気になられても困るので、それを口に出して伝えたことは一度もないが。

千央などすっぽりと隠れてしまうような、がっしりとした大きな身体。男らしい広くて暖かな背中や、長くてしっかりとした腕。

線の細い自分がたとえ鍛えても、決してこうはなれないと分かっている分、同じ男として悔しさはあるけれども、実はその裏で啓吾に抱かれる優越感を、こっそり抱いたりもしている。

この男が、自分の身体に欲情するのだと思っただけで、眩暈すら覚えるほどだ。

啓吾が会社や取引先で出会う女性達から、羨望の眼差しを一身に集めていることは、松本や姉の響子からも聞かされて知っている。

そんな男を、自分だけのものにしているというこのスリル感は、きっと他の誰にも分からないだろう。別にみんなが欲しがっているから、啓吾の価値が上がるとか、そういうことではないけれど。

啓吾は憎まれ口を叩く千央の口を塞ぐようにして、覆い被さってくる。とっさに目を瞑って、寄せられた唇を素直に受け入れながら、千央は絡めとられた舌の甘さに背を震わせた。

「………ん」

少しだけ触れてすぐに離れていった唇を、なんだか物足りなく思ってしまう。

もしもこの男が、最初から本気で追い詰めようとしていたら、自分などはその手の中であっさりと落ちてしまっていただろう。それを分かっていながら、啓吾はあえて千央の気持ちを待とうとしてくれていたことに、今頃になって気付かされた。

「あのさ……、ごめん」

啓吾にだけは甘えたくないと意地を張っていたけれど、結局ずっと自分は啓吾に甘えきっていたのだろう。

「急にどうした？」

「俺、いっつも鈍くてさ……。それにこういうことにも、あんまり慣れてないし……」

考えてみれば、自分のような子供に合わせるだけでも、大変なことだろうと思う。珍しく殊勝《しゅしょう》な態度で謝った千央に、啓吾は『慣れてたら私が困るだろう』と低く笑った。

「焦る必要はないから、気にするな」

「うん…」

耳元に囁かれた優しい言葉に、ジンとする。

やっぱり啓吾は自分に対してひどく甘い気がするなと思いつつも、素直に頷き返すと、啓吾は満足そうな顔をしたまま、その指先で千央の頬をするりと撫でてきた。

「それに全部いっきにもらってしまうのも、勿体無いしな。今はその初々しい反応だけでも十分だ」

うわ……。

「…………やっぱり、エロジジイだ」

とんでもない発言に、千央は視線をそらしながら聞こえないほど小さな声でぼそりと呟く。しかしその途端、啓吾の切れ上がった眼差しが、自分の上でキランと光ったような気がした。

「ほほう、そうか。人がせっかくペースをあわせてやろうというのに、その好意をいらないというなら、遠慮なく進めさせてもらおうか」

「え……っ、ちょっと待った、ストップ、ストップ！」

宣言すると、やすやすと千央の身体を自分の下へと引き込み、当然のごとく首筋に口付けてくる啓吾に、ぎょっとする。まさか朝っぱらから、昨夜の続きをされてしまうとは思いもしなくて、大きな身体の下で千央はじたばたともがいたが、体格差にあっさりとねじ伏せられてしまった。

「う…嘘……っ」

千央の抵抗も空しく、軽く羽織《はお》っただけのパジャマをするりと剥かれ、更に下着の中にまで啓吾の手のひらが忍び込んでくる。昨夜の慎重さが嘘のように、すばやい動きだ。

はっきりとした目的を持った指に、尻の肉を掴まれて千央はビクリと身体を強張らせた。

「ちょ、ちょっと…け…ごさ…」

本気で制止をしようと、目の前にある顔を下からぐっと睨みつけた途端、熱い視線と目が合って、思わず小さく息を呑む。それまでのふざけたやりとりの中では決して見せなかった真摯な瞳は、情欲に濡れて、男の色香を滲ませていた。

もしかして、本気で――欲しがってる？

「少しだけな…」

「ダ、メだよ…」

肉の柔らかさを確かめるように動く手のひらに、ゾクリとした痺れを感じながらも、それ以上奥へと指が忍び込むのだけは、必死で拒んだ。

「指を入れるだけだ……。それ以上はしない」

なのにむずがる子供へ言い聞かせるように、さらに耳元で啓吾が囁いてくるから、千央は眩暈を覚えながらも、小さく首を左右に振った。

「嘘…だ。昨日だって、そう言ってたのにさ、……結局、最後まで…抜いてくれなかったじゃんか…」

さんざん弄られまくって、その指を含んだまままちゃんと達するまで、解放してもらえなかった昨夜のことを思えば、啓吾がすぐに抜いてくれるとは思えない。

まさかまた、あんな風に身体中が溶け出すまで、えんえん中を擦り立てられてしまうのだろうかと思ったら、かすかな恐れと少しの期待に心臓が強く脈打っていく。

「なるべくなら早く、慣れてもらわなくちゃいけないからな」

「早くって……」

それって、やっぱり………本当は早くしたいってこと？

ぜんぜん余裕そうな顔をしていたくせに、本当は欲しくてたまらないのだというように、千央を熱い瞳で見詰めながら、その身体を弄ってくる啓吾の指先に、意地もなにもかも溶かされていきそうな気がした。

「千央……」

優しく名を囁かれて、皮膚が粟立つ。胸の一番奥深いところを、直接そろりと撫でられたような気分だった。

「ほんと……ずるいんだもんな…」

こっちがそういうのに弱いと知っていて、平然と仕かけてくる啓吾に、いつも負かされているような気がして、悔しくなる。けれども結局はその誘惑に勝てずに、自分からその首へ抱きつくように腕を回して、そろそろと脚を開いている自分も、どうしようもないと思うのだが。

キスをねだると、すぐにそれが返されてくる。いつの間にか準備よく濡らされた指が、ゆっくりと入り口をこじ開け、中へと深く入り込む感覚に身震いする。

決して慣れたわけではないけれど、そこを啓吾の指で弄られるだけで、身体の芯が溶け出すように熱くなるのをすでに知っている千央は、はぁ…と小さく息を吐いた。

その瞬間。

「おはようございます」

廊下の奥から、ガチャンと扉の鍵を開けるような音と、さわやかに流れてきた聞きなれた声に、二人はビクリと顔を見合わせた。

「ま、松本さんっ？」

千央ががばっと身を起こしながらその名を呼ぶのと、啓吾が千央の身体の上から退きながら、チッと舌打ちするのが同時に響く。

「まだ起きていらっしゃらないんですかー？」

廊下から響いてくる暢気《のんき》な声に、まさかこんなところを見られるわけにはいかないと、慌てて身繕《みづくろ》いをしながら千央はベッドから飛び降りた。ここが啓吾の寝室であるということすらすっかり失念したまま、ばたばたと廊下へ走り出ると、松本はいつも通り穏やかな顔をして玄関先に立っていた。

「おはようございます。珍しいですね、こんな時間まで千央さんが起きてらっしゃらないなんて」

「お、おはようです。……ええっと、もうそんな時間？」

「ええ、もう七時過ぎてますよ？　早く着替えてこられた方がいいんじゃないですか。いくら夏でも、それじゃ風邪をひきますよ？」

「え…、あ……」

言われてハッと自分の姿を見下ろした千央は、なんでもいいからと急いで着込んだ啓吾のパジャマを上に羽織っただけという、とんでもない姿の自分に気付いて、慌てて自室へと駆け込んだ。

全身にひどく甘たっるい倦怠感が漂っていたが、そんなものに構っているひまはない。

別につい先ほどまでの啓吾との行為を見られてしまったというわけではなかったが、多分勘のいい松本には、この乱れた姿や、啓吾の寝室から飛び出してきたという時点で、なにがあったのか気付かれてしまったかもしれないと思うと、恥ずかしさに憤死《ふんし》しそうだった。

「……なんで今、お前がここにいるんだ…。今日は午後からの出勤だろう？」

「あなたはそれでいいかもしれませんが、千央さんは学校があるんですよ」

千央のあとを追って啓吾も廊下へと出てきたのか、朝っぱらから不機嫌そうに松本と交わしている声が届いてくる。どうやら千央が寝過ごしているのではないかと、それを心配してきてくれたらしいのだが、つまり松本には二人が昨夜どんな時間を過ごしていたか、バレバレだったということなのだろう。

そういえば、千央が昨夜風呂から上がってきた時にはすでに、松本はもう帰ったあとだった。職業柄なのか、気配りが細やかなことは素晴らしいが、そういうへんなところにまで気を遣って欲しくない。にこやかな顔の下で、なにを考えているか分からないところが、本当に曲者だ。

「えっと…あの、今すぐ朝食の準備するから」

制服へと手早く着替えたあと、なるべく平然さを装ってキッチンへと向かう。しかしいつも通りにコーヒーの準備をしようとしていた千央を、松本は『今日は私がやりますから』と押しとどめた。

「それより千央さん、響子さんに電話してあげてください。一応、千央さんが無事に帰ってきたことは昨夜のうちに伝えておきましたが、ご自分でちゃんとお電話しておいたほうがいいと思いますよ。ずっとご心配なさってましたし」

「うわ…、忘れてた…」

昨夜それどころじゃなかったこともあって、姉に電話するよう言われていたはずなのに、すっかり失念してしまっていた。我ながら薄情な弟だと思いつつ、朝食の支度を代わりに買ってでてくれた松本の温情に縋って、電話へと向かう。

一度のコールで電話に出た姉からは、予想通りに厳しい叱責《しっせき》をいただいてしまった。

電話越しから『みんな心配してたんだから。もう高校生にもなったんだから、家族に心配ばかりかけないようにしなさい』と、まるで小さな子供に言い聞かせるように諭されて、見えないと分かっていながらも小さく頷く。

啓吾を含め、自分を取り巻く周囲の全てを新しい家族だと、すでに当然のごとく認めている姉の言葉が、じんわりと胸に染みた。

もしかしたら、いつまでも自分だけが、自分は世界に一人きりだと意地を張っていたのかもしれない。

「姉ちゃん、普段はほとんど怒らないくせに、一度怒り出すと静かに怒るから怖くて…」

たっぷり小言を聞かされたあと、『啓吾さんにもお礼を言いたい』という姉の言葉に従って啓吾に受話器を渡した千央は、再び松本のいるキッチンへと顔を出したが、その途端ピタリとそこで固まった。

いつもみんなで囲んでいるテーブルの上には、色鮮やかなサラダと缶詰のコーンを使って作ったらしいポタージュスープ、それに玉ねぎとベーコンを軽くいためて、ふわふわの卵で包んだオムレツが盛りつけられていた。脇には焼かれたばかりのトーストが、蜂蜜とバターを添えて置かれている。

千央が姉と電話をしている間のわずか三十分足らずで、ここまで手際よく準備できた松本に、思わず尊敬の眼差しを向けてしまう。なんでもできる男だとは聞いていたが、こんなところまで完璧だとは思わなかった。

「なんかさ…、俺なんかが作るより、松本さんが毎日作った方がいいんじゃない?」

「いえいえ、私の場合は洋食専門ですし……。毎朝千央さんの味噌汁を楽しみにしてきてるんですから、ぜひともこれからもよろしくお願いいたします」

これだけできて、和食は苦手だと言われても、なんだか真実味に欠ける。一人だと朝はコーヒーだけで済ますことが多いとは聞いていたが、その気になればいくらでも朝食ぐらい用意できるのだろう。なのに松本はいつもここへ来て、一緒に食事を摂っていってくれた。

もしかしたら、自分も料理ができることを千央が知ったら、また居場所がなくなるなどと思ったりしないように、黙っていてくれていたのかもしれない。その心を、嬉しく思った。

多分いつもこうして、自分は周囲の人間に大事にされていたのだ。気付かないところで。

「千央さん…？　あの、もしかして気を悪くされましたか？」

黙り込んでしまった千央に、松本は千央が気分を害したと思ったらしく、珍しく慌てたような素振りで声をかけてくる。

「ううん…。じゃあさ、その代わり今度俺にもなんか教えてよ。洋食ってどうも苦手なんだよね。そういう洒落たもの、うちじゃあまり作らなかったからさ」

それに大きく首を振りながら、交換条件を提示すると、松本はいつものように穏やかに笑って『いつでもいいですよ』と約束してくれた。

「なんの話だ？」

「んー、別にこっちの話」

ちょうど姉との電話を終えたらしい啓吾が、用意された食卓につきながら声をかけてくる。それに首を振りつつコーヒーを手渡してやると、いつも通り無表情のままの啓吾の眉が、わずかに顰められているのを見つけて小さく笑った。

どうやら自分の知らないところで、松本と千央が仲良くしているのが、気に入らないらしい。

以前の千央だったら、そのわずかな変化に気付かなかったかもしれないが、今ならそれだけでもよく分かる。それは自分から、啓吾の全てを受け入れたいと、思えるようになったからかもしれないが。

「ただの料理の話だよ。別に隠すつもりじゃないけどさ。啓吾さん、卵のひとつも割れないじゃん」

「卵ぐらい、私だって割れる」

できないことがあると指摘されるのは悔しいのか、ムッとしたように言い返してくる啓吾を、年上ながらにも可愛いと感じてしまう。

「そう？　じゃあ今度の休みのときにでも、一緒になにか作ってみる？」

「分かった」

笑いたくなるのを堪えながら尋ねると、案の定、啓吾はその挑戦を受けて立つと言うように、大きく頷いた。その横で松本はまるで宇宙人にでも遭遇したかのように、これまで横のものを縦にもしなかった不遜《ふそん》な上司の顔をじろじろと眺めていたが、この分で仕込めば、せめて自分がいないときに炊飯器でお米を炊くぐらいは、できるようになるかもしれない。

なるべくなら啓吾にそんなことはさせないつもりだけれど、時には甘えたり、我が侭を言ってみることも大切なんだと、今回のことで身にしみて分かったような気がした。

それでどれだけ相手を欲しがっているのかが、互いに分かるから。

我が侭も、頼るのも、それだけ相手を信頼している証になるのだろう。

「マル、ほらおいで。ご飯だよ」

昨夜、安眠を求めて啓吾の寝室からリビングへと早々に逃げ込んでいたらしい猫の名を呼ぶと、マルは仕方なさそうに小さく鳴いて、千央の足元へと擦り寄ってきた。その咽喉を撫でてやりながら、千央は小さく微笑んだ。

ここに——ずっと欲しかったものの全てがある。

だからこそ、できるだけの努力をしよう。

いつも一緒にいられるように、いつでも笑っていられるように。

窓の外で晴れ渡った空を眺めながら、千央はこんな風に一緒に迎えられる朝があることを、心から感謝したいとそう思った。

あとがき

こんにちは、可南さらさです。今回この本をお手にとって下さり、ありがとうございました。初めて雑誌でこのお話を書かせていただいてから、すでに二年もの月日が流れてしまい、すでにこんな話があったことさえ忘れていらっしゃる方も多いとは思われますが、こうしてようやく日の目を浴びることができまして、ホッとしております。

二年というのは、長いようで短く……そしてやっぱり長いです。（笑）今回、二年前の原稿を叫びながら校正させていただきましたが、できることなら以前の自分と、一度膝を詰めて話し合ってみたい衝動に何度も駆られてしまいました。

成長しているんだか、退化しているんだか分かりませんが、まるで別の生き物のようです。できれば成長していることを願いたい…。

どうしても許せない部分はこっそりと手を加えてみましたが、いっそのこと『そのまま風味』でお届けするのも悪くないかと開き直り、お話自体はほとんど以前のままです。（いえ、決して時間がなかったから見なかったふりとか、そういうわけでは……）

二年前も今も、たくさんの方にご協力いただいてこうして形にできたことに、深く感謝しております。いつも麗しいイラストをつけて下さる蓮見様をはじめ、担当様や編集部様はもちろん、叱咤激励してくれる友人たちのおかけで、なんとかこぎつけた感じです。

それから読んで下さる読者様や、アンケートやお手紙などで、応援してくださる方がいるからこそ、続けていられるのだと思っております。いつもありがとうございます。

さらに今回は蓮見さんの協力により、可愛らしい遊び心が溢れておりまして、表紙見本をいただいたとき踊ってしまいました。マル…、なんだかあなたが一番、この本の主役のようだよ。(笑)

多分隠れてしまっているだろうと思うと残念なのですが、可愛くてふてぶてしいマルが、表紙以外にもどこかにいるので、ぜひ見つけてやってください。見つけられた方は、ええと編集部から賞品が…。(↑出ません)

それと今回、問題のあのシーンに関しましては、啓吾モデル(というか名前モデル)の方から、『○股にしろ』との厳しいお達しを受けておりまして、ああなりました。(笑)

そんなわけで、啓吾の本懐はまだ遂げられていないもよう…。(モデルからの希望とはいえ、殴られそうだ)あとは皆様の妄想の中で、好きに色々と慣らしてやってみてください。(なんか嫌なあとがきですな……)

では、またどこかでお会いできることを祈って。

可南さらさ　拝

ECLIPSE ROMANCE

この本を読んでのご意見・ご感想
ファンレターをお寄せ下さい。

〒153-0051　東京都目黒区上目黒1-18-6　桜桃ビル3F
(株)桜桃書房　第一コミック編集部
「可《か》南《なん》さらさ先生」係 ／「蓮《はす》見《み》桃《とう》衣《い》先生」係

晴れた朝も、嵐の夜も。

2002年　8月10日　第1刷発行

著　　者――可南さらさ
発 行 人――長嶋正巳
発 行 所――株式会社桜桃書房
〒153-0051
東京都目黒区上目黒1-18-6
【営業】TEL. 03-3792-2411
FAX. 03-3793-7048
FAX. 03-3792-7143
【編集】TEL. 03-3793-4939
FAX. 03-3793-9348
郵便振替――00190-6-27014
印　　刷――共同印刷株式会社
装　　丁――まゆた ひな（Studio PENTA）
Printed in Japan